Über den Autor:

Jahrgang 1974, Gebürtiger Bamberger, doch mittlerweile langjähriger Wahl-Thüringer. Pädagoge, Historiker und augenscheinlich auch als Autor unterwegs.

Mit besonderem Dank an meine Frau, meine konstruktiv-kritische Erstleserin.

Claus Carl Jakob

Orc –
moderne Zwergenkunst und andere Verbrechen

Orc – moderne Zwergenkunst und andere Verbrechen

I.

Urlaub. Entspannen mit einem Bier in der Hand, in einer Kellerkneipe, vor sich ein fein blutiges Steak, gute Mucke, hausgemacht, ohne magischen, überkandidelten Schnickschnack. Das war Urlaub. Orc lächelte kurz. Dann riss ihn ein, für sein dafür, schrilles Quieken aus dem schönen Traum. Ein schrilles Quieken, gefolgt von einer hektischen Abfolge von hohem, sehr hohem Kreischen. Oper. Die grausame Realität. Orcs kräftige Hände krallten sich in den plüschigen Sitz, in dem er kauerte.

Ja, er war noch da. Im Urlaub. In der hohen Oper von Hammer, der höchstkultivierten Zwergenstadt, rechts neben sich seine verzückt selig lächelnde Gattin, links daneben seine ähnlich wie er grimmig dreinblickende Tochter, was bei ihr jedoch an ihrem Alter lag. In der Pubertät wollte man alles, nur nicht mit den peinlichen Eltern in der Öffentlichkeit gesehen werden. Peinlich mussten sie wirken, Orc jedenfalls fand seinen Aufzug ziemlich peinlich. Ein weites, lindgrünes Gewand mit viel Püschel und

7

Gewuschel, der letzte Schrei in der Modebranche. Was in seinem Ohr so klang, als wäre sie im nächsten Atemzug tot. Wann tat man den *letzten* Schrei? Eben. Wahrscheinlich war das sogar so. Die Mode wechselte hierzulande schneller, als man seinen, zugegebenermaßen knappen Namen „Orc" auszusprechen in der Lage war. „Du ziehst Dich standesgemäß an!" hatte seine Frau Brakk unmissverständlich klargestellt. Jetzt saß er hier, wie so ein Zwergenkavalier. Dass jeder, aber so wirklich jeder in diesem musikalischen Abgrund der Hölle solches trug, machte es nicht weniger peinlich.

Wieder Kreischen, dem infernalisches Heulen folgte. Es gab in dem großen, üppig vergoldeten kuppelartigen Saal magische Verstärker, doch er bekam auch ohne diese alles „perfekt" mit. Saß er doch direkt vor der Bühne; es war einer der billigsten Plätze – das hohe Volk hockte entspannt in seinen Logen –, aber zumindest hier hatte er sich durchsetzen können. Das Urlaubsgeld eines Wachweibels aus Drolf sollte schließlich noch für ein paar andere „Vergnügungen" reichen. Na, seine Frau hatte es überraschend positiv aufgenommen. „So sehen wir wenigstens alles im kleinsten Detail." Details wie den schwabbeligen Bauch des „Opernstars", einem fetten, wirklich fetten Halbling in weibischen, altrosafarbenen Klamotten. Er stellte irgend so einen Fürsten aus grauer Vorzeit dar. Der irgendwelche dämlichen Geschäfte mit seinem Onkel und zwei seiner Neffen am Laufen hatte, welche von genauso fetten, allerdings Zwergen in – natürlich – Schlabberklamotten in Altrosa dargestellt wurden. Eben stritten sie wimmernd und kreischend über irgendwelche Vertragsklauseln. Das Publikum war aufs Äußerste gespannt, sieht man von Orc und seiner Tochter Gronk ab. Es nahte wohl ein Höhepunkt im Stück. Geigen jaulten und Trommeln – na immerhin, fast militärisch – knatterten. Orc sehnte sich nach seinem Hotelbett.

Plötzlich Stille. Orc erhob sich schon ein Stück, erleichtert die Hände erhoben, um, wie es wohl nötig war, ein wenig stilvoll zu klatschen. Seine Frau belehrte ihn eines Besseren, ihn wuchtig nach hinten in den Sitz zurückreißend. Kraft hatte sie, böse Zungen behaupteten, mehr als er. Der Halbling hob an, ernsten Blickes sein Solo zu lärmen, als es mit einem Mal einen dröhnenden Schlag gab und der Kopf des „Künstlers" in Tausend Stücke zersprang, Gehirnmasse, Blut und Knochensplitter in alle Richtung verteilend. Da gab es kein Halten mehr; Orc erhob sich und klatschte endlich echt begeistert zu diesem grandiosen Finale wild in die Hände. Bis er realisierte, dass er der einzige war. Und dass sich Panik um ihn herum breitmachte. Das Volk begann zu Kreischen, das nicht zum Ensemble gehörte, geschminkte Zwerge schubsten sich und zogen sich an den gegelten Bärten, die Bühnensänger stoben winselnd auseinander, jegliche Würde vergessend. Einzig seine Frau blickte streng zu ihm auf und gleich darauf herab; sie war zwei Kopf größer als er. Als dann noch seine Tochter – jawohl seine, hier vermochte Papa ein wenig stolz auf sie zu sein – lachte und sagte „Endlich vorbei", wäre der Abend gerettet gewesen. Wäre. Selbstredend fing damit die Unbill erst so richtig an.

II.

„Ich heiße Orc, nicht Ork. Das ist die Volksbezeichnung. Also Ork. Mit k. Ich schreibe mich mit c." Orc war es gewohnt, diese Erklärung abzugeben. Seine Eltern waren bei der Namensfindung nicht sehr kreativ gewesen. Der lila Papagei wiederholte es krächzend. Meine Güte, die Stadtbüttel hatten einen Papagei zum Diktieren. Wie lächerlich war das denn. Er kniete fast, um dem befehlshabenden Büttel ins verkniffene Antlitz blicken zu können. Ein Zwerg mit vielfach geflochtenem braunen Vollbart, auf dessen linker Schulter dieses Federvieh saß. Toralf Donnerstein hatte er sich vorgestellt. Wenigstens etwas – seine Unterbüttel, zwei spindeldürre, pickelige Elbenvisagen, hatten dazu

10

keinen Anstand besessen. Hatten nur was von „kulturloser Ork" gemurmelt. Ja, zum Glück. In Drolf gab es keine Oper, keine Galerie der freien Künste, kein Synchronschwimmen der Halblinge. Alles Zeug, zu dem seine Frau ihn schon geschleppt hatte, mit komischem Glänzen in den gelblichen, aufreizend geschlitzten Augen. Einer der Gründe, warum er sie genommen hatte. Wegen der lasziven Augen, nicht wegen der Vorlieben; die waren zu der Zeit kein Thema gewesen. Na ja, sie ihn. Sie hatte ihn genommen. Am Schlafittchen gepackt und ins Bett gezerrt. So lief das eben, wenn man sich nicht mit lindgrünen Gewändern, Operngejammer und ähnlichen nutzlosen Geschichten abgab. So, wie es *richtig* lief.

„Was also haben Sie beobachtet?" wollte Toralf Donnerstein wissen. „So von Wache zu Wache", begann Orc, der diesmal die strengen Blicke seiner Frau ignorierte, „eine Menge." Er holte tief Luft, um seine Gedanken zu sammeln. „Der Zwerg zwei Sitze weiter, hatte an jedem seiner Wurstfinger einen protzigen Ring aus billigem Silber, und definitiv ein Toupet." Das Wort Toupet hatte er hier im Urlaub gelernt; seine Frau hatte ihn auf dieses unnütze Stück Haar hingewiesen. Und er hatte es sich artig gemerkt, sollte sie ihn nochmal auf so etwas ansprechen. Gesünder war das. „Der Zwerg schräg hinter mir, ein besonders fetter, dem selbst das

grüne Schlabbergewand schwer um den Bauch gespannt hat, hat heimlich eine Stulle gegessen. Und
dann war da noch ein grimmiger Alter mit schloh-
weißem Bart, vier Sitze hinter mir, mit einem Geh-
stock, dessen Knauf ein urig Rot leuchtender Stein
war…“ „Zum Mord. Was haben Sie zum Mord beobachtet.“ unterbrach ihn der Büttelzwerg vergleichsweise höflich. Die Stadt lebte unter anderem
vom Tourismus. Und der grobschlächtige Ork mit
seiner Bagage war sichtlich Tourist. Dass er behaup-
tete, selbst eine Art Büttel zu sein, war dem Zwerg
so was von egal. Diese Orks konnten einfach nichts
von Wert hervorbringen, in seinen Augen. Doch,
wie gesagt, Touristen sollten mit Höflichkeit behan-
delt werden. Und es war wenigstens kein Wald-
schrat oder Oger.

„Nun sag schon.“ drängte Orcs Frau unwirsch.
Das alles fing sie zu langweilen an. Und ihre Tochter verdrehte auch bereits die Augen, die übrigens
nach der Großmutter mütterlicherseits schlugen
und hübsch blutunterlaufen glänzten. Was für ein
Glück, dass sie nicht die des Vaters hatte, dieses geradezu klischeehafte Schwarz. Orc gehorchte und
ärgerte sich insgeheim, dass er das wie auf Kommando tat. So stand er ziemlich blöd da. Viel wusste
er freilich nicht beizutragen. Stille, ein lauter Rums,
ein platzender Halbling-Kopf. Mehr war da nicht.
Der Papagei nahm auch diese Aussage auf. Und

Toralf nickte und meinte: „In Ordnung. Ihr Hotel haben Sie uns ja vorhin benannt, ich komme auf Sie zu, wenn es noch Fragen gibt. Sie bleiben ja noch ein paar Tage in der Stadt." Er wandte sich zu seinen Elbenschleimern und sagte halblaut: „Die anderen sind alle erst mal weggerannt. Wird etwas Arbeit machen, die alle zu finden und zu befragen." „Das heißt, wir können gehen?" fragte Brakk herrisch. Ein weiteres Nicken. „Gut." Die Orkin packte Orc mit Rechts und Gronk mit Links und zerrte sie strebsam gen Ausgang.

III.

Eine nervtötende Fahrt später, mit einem überfüllten und nach Parfüm miefenden „Für alle", einer überlangen Kutsche, die von sechs struppigen Ponys gezogen wurde, welcher das billigste Verkehrsmittel in der Stadt war, saßen sie alle Drei in der Hotelbar und Orc war erlaubt worden, endlich sein lang ersehntes Bier zu bestellen. Leider ein dünnes, leeres Gesöff mit wenig Alkoholgehalt. Und Orc wusste, dass es bei dem einen bleiben würde. Seine Frau Brakk hatte da so ihre Konsequenz. Sie selbst trank einen Obstsaft – einen Obstsaft! –, der dreimal so teuer war wie sein einfaches

Bierchen, und Gronk verlustierte sich an einer Schokomilch, für ihr Alter o.k., hatte Brakk befunden. Die Meinung der Tochter zählte hier nichts. Der Mund wurde ihr jedoch nicht verboten. So reflektierte sie in ihrem ganz eigenen Ton den Tag.

„Ich fasse zusammen. Ihr habt mich hierhin und dorthin geschleppt. Ich hab Blasen an den Füßen. Ich muss noch immer dieses ätzende Kleid tragen, durfte mich nicht umziehen. Wenn mich meine Freundinnen sehen würden! Das Gespött aller wäre ich." „Dann haust Du denen halt eins aufs Maul." sagte die Mutter, die aber gar nicht recht zuhörte. „Klar, das wäre die normale Antwort. Egal. Sie sind nicht hier. Ihr seid hier. Das macht es nicht besser. In dieser verblödeten Stadt hängen wir zusammen ab." An dieser Stelle bekräftigte der Vater die Aussage, natürlich nur innerlich. „Wenn dann mal ausnahmsweise was Interessantes passiert", fuhr sie fort, „müssen wir sofort zum Hotel zurück." „Polizeiarbeit, da können wir nicht rumhängen und stören." erklärte ihr Brakk, mit erhobenem Zeigefinger, um noch zu ergänzen: „Das kennst Du doch von Deinem Vater. Da können sich nicht einfach Fremde einmischen." „Du mischst Dich bei Papa dauernd ein." grummelte Gronk. „Bin ich fremd?" herrschte sie Brakk an. „Überhaupt – Dein Vater findet ohne mich nicht einmal seine Stiefel, geschweige denn seinen Dienstsäbel." „He!" entfuhr es Orc, vom Alkohol enthemmt. Weil er dank seiner Frau seltenst Alkohol in die Finger bekam, vertrug er wahrlich nicht viel davon. Brakk war aber zu müde, oder vielleicht zu sehr in Urlaubsstimmung, trotz allem, um ihn zurechtzuweisen. Außerdem setzte seine Tochter ihren Redeschwall fort.

„Ich hab diese Elbenlutscher belauscht." meinte sie stolz. „Als Euch dieser Zwergenheini befragt hat. Sie meinten, das sei ein magischer Angriff gewesen." „Verzeih, Kleines", warf ihr Papa milde ein, ein weiteres Mal stolz – Elben belauschen zählte glasklar zum guten Ton. „Was soll es sonst gewesen sein? Ein Armbrustbolzen, von Nahem in den Kopf geschossen, mag Ähnliches bewirken, doch war da ersichtlich keiner beteiligt. So eine hübsche Explosion – das vermag man nur mit Magie hinzubekommen." Brakk kratzte sich am kräftigen Kinn. „Ein Schlag mit einer großen Keule bringt einen Schädel auch fein zum Platzen." „Ja", bestätigte Orc kopfnickend, „was hier ebenso ausschließbar ist. Das hätte ich gesehen." „Beziehungsweise Du." korrigierte er sich in Gedanken, war er sich doch dessen bewusst, dass er dem Opernstück nicht wirklich aufmerksam gefolgt hatte. „Magie ist für Feiglinge." konstatierte die Tochter. „Für Feiglinge und Sesselpupser." Brakk schmunzelte, Orc allerdings wusste es besser. „Wir haben in Drolf einen Kampfmagier in der Stadtwache, der schmilzt einem Drachenreiter mit

Magie auf Tausend Schritt Entfernung das Gesicht."

„Auf Tausend Schritt. Ich sag doch, Feiglinge." murrte die Tochter. Zugegeben, das war eine lässige Sache. Und ja, sie kannte den Kampfmagier vom Sehen; er führte auch ein Feuerschwert, das für den Kampf Mann gegen Mann – oder Frau, oder Elb, was auch immer – geschaffen war. Es hieß, er habe damit schon einen Bergriesen in Stücke gehackt. Der die Zeche geprellt hatte, oder so. Bei Bergriesen konnte man sich nicht mit Bitten und Verhandlungen aufhalten. Wenn man es genau nahm, war Gronk eine Art Fan dieses speziellen Magiers. Der noch dazu ziemlich muskelbepackt war, feuerrote Augen besaß und teuflisch scharfe Zähne. Dennoch – die Angelegenheit in der Oper schrie geradezu nach Feigheit und Hinterlist. Wahrscheinlich so eine Eifersuchtssache unter Halblingen. Sie sprach es aus. Dummerweise ergänzte sie noch, durch gewisse Regungen berauscht: „Wäre der Kampfmagier hier, er würde den Fall ratzfatz aufklären."

„Manche haben es eben drauf." stichelte Brakk gen Orc. „Und fallen nicht dreimal durch die Leutnant-Prüfung." Dem war dieser Seitenhieb nun doch zu viel. „Ich bin im Urlaub, wir waren lange auf den Beinen. Gehen wir für heute ins Bett." brummte er. Nachdem sie alle in der Tat recht kaputt vom Tag waren, gehorchten sie diesmal ohne Widerworte und machten sich geschlossen auf den Weg. Orc kippte im Gehen nur noch schnell den Rest seines Bieres. Verschwenden war so gar nicht sein Ding. Reichte schon, wenn sie klirrend Kupfer für Oper und Konsorten ausgeben mussten.

IV.

Toralf Donnerstein legte seine wuchtigen Füße auf seinen Schreibtisch, die in derben Stiefeln stakten, wofür seine beiden Untergebenen, die Gossenelben Abneth und Ibneth, Zwillinge im Übrigen, dankbar waren. Stinkende Zwergenfüße fanden nicht ihre ungeteilte Zustimmung. Wie so vieles nicht; aber hey, irgendwie musste man seinen Unterhalt verdienen. Sie hatten es besser als Cousin Ubneth getroffen, der als Stricher auf die Pirsch ging.

„Viel haben wir also nicht." sagte der Zwerg, dessen güldenes Halsband ihn als Spezialermittler im Rang eines Leutnants auswies. Er hatte seine Prüfung beim ersten Mal bestanden. Die Elben nickten devot. „Kann es sein, dass dieser Ork beteiligt ist?" überlegte Abneth. „Orks sind immer verdächtig." ließ sein Zwilling verlauten. „Wenn wir es ihm anhängen können, haben wir einen Fall abgeschlossen und den Falschen trifft es sicher nicht." Toralf überlegte kurz, wirklich nur kurz, um abzuwinken. „Würde diplomatische Verwicklungen mit sich bringen. Dieser Orc ist zwar nur ein Unteroffizier, aber trotzdem ein offizielles Mitglied der Wache von Drolf. Zudem habe *ich* noch etwas Ehrgeiz." Er funkelte die Elben an. „Wir auch!" bekräftigten sie sogleich. „Na dann. Fassen wir zusammen, was wir wissen. Ermordet wurde Herr Tümpel Ohrenkraut, seines Zeichens Startenor in der glorreichen Oper unserer ebenso glorreichen Stadt. Zur unsauberen Dekapitation gebracht, kurz vor seinem Solo im letzten Akt, mittels Gewaltmagie. Den nervig umfangreichen, geradezu geschwätzigen Ausführungen unserer magischen Abteilung nach, wird solch ein Zauber auf Sicht ausgeführt. Es ist ein, allerdings für Unsereins unsichtbarer, Strahl von magischer Energie, der das Ziel innerhalb eines Blinzelns aufbläht und zur Detonation bringt. In Labor getestet anhand einer Wassermelone. Sehr anschaulich. Schade nur um die Wassermelone; jedoch – es gilt Opfer zu bringen. Gemäß dem Gerede von Wachadeptin Gloria Rubin, Magistra der Theoretischen Magie, ist das Zielen damit heikel und erfordert jahrzehntelanges Training." Ein strafender Blick zu den Elbenzwilligen. „Ein Ork wäre dazu gar nicht in der Lage, allein deswegen, weil die wenigsten Jahrzehnte alt werden." „Und sie sind faul und dumm." lachte Ibneth auf. „So wie Du." dachte sich Toralf, schwieg aber dazu.

Er war schon mit Assistentenpack gesegnet. Echte Zwerge wollten irgendwie nicht mehr mit ihm, beziehungsweise unter ihm arbeiten. Seine Assistenten stürben zu häufig, raunte man im Präsidium. Das Leben war hart, keine Frage. Wo gehobelt wird… Und so weiter und so fort. Assistenten hatten im Gefecht gefälligst vorne zu stehen, oder hinten, beim taktischen Rückzug. Das Normalste der Welt, oder? Er war schließlich das Gehirn der Truppe, zu wertvoll, um Risiken einzugehen.

„In der in Frage kommenden Umgebung des Opfers befanden sich zum Tatzeitpunkt um die fünfzig Personen, plus, minus irgendwas. Die drei anderen Tenöre, natürlich, das Orchester, das Publikum in den ersten drei, maximal vier Reihen vor der Bühne. Außer wir haben es mit einem echten Profiattentäter zu tun." „Wo wir dann alt aussehen würden." dachte er. Für so einen Fall gab es nicht genügend Budget, Personal und, hm, Engagement. Will heißen fehlende Todessehnsucht von seiner Seite.

„Einige hatten Karten reserviert, deren Namen haben wir." sprach Abneth, der keine Rücksicht auf den grüblerischen Gesichtsausdruck seines Chefs nahm, ihn wohl auch nicht zu Deuten wusste.

Zwergenmimik war so eine Sache für Elben. „Die anderen haben an der Abendkasse gelöhnt, da haben wir keine Namen. Die billigen Plätze, Sie wissen schon…" „Ich weiß." brummte der Zwerg. Niemanden interessierte wirklich, wer dort saß. Die Prominenz wurde gierig beäugt – und die nahm nie im Parkett Platz. Dort saßen die Habenichtse, die Geizigen und gegebenenfalls Touristen. Wie diese Ork-Familie. Die hatten mit am Nächsten zum Opfer gehockt, waren aber so gar nicht hilfreich gewesen. Wenn es nur einmal aussagefähige Zeugen gegeben hätte. „Der war es, der mit der blauen Kapuze und der Schlangentätowierung am Hals. Er hat magische Worte gesprochen, auf das Opfer gezeigt und das ist tot umgefallen. Er hat sich mir vor der Tat noch als XY vorgestellt und gesagt, er wolle seine Rache wegen…" Nein, so etwas kam nie vor. „Tja, dann zieht mal los und befragt die bekannten Besucher. Wahrscheinlich kennt der eine oder andere auch namentlich unbekannte. Viel Spaß. Ich denke noch etwas nach und erstatte dann dem Stadtmarschall Bericht." Was bedeutete, dass er das Edelbordell aufsuchen würde; denn dort traf man den Stadtmarschall, Oberhaupt aller Büttel, gewöhnlich an. Es würden reichlich Spesen anfallen, am Rande gesagt. Die Zwillinge salutierten halbherzig und schlurften aus dem Raum. Toralf Donnerstein lehnte sich zurück. Es galt ein Motiv für die

Tat zu erdenken. Ganz in Ruhe. Denn in der Ruhe lag die Kraft.

V.

„Nein, ich will auf keinen Fall in das Zwergenballett! Lasst uns bitte in den Zoo gehen, das wäre doch mal was anderes, nach dieser ganzen sogenannten Kultur."

Gronk war zum Quengeln zumute. Das Frühstück war Mist gewesen – viel zu viel Milch und Obst, kein Fleisch, bloß „Wurst" mit wenig Fett –, der Schlaf in der Nacht zuvor unruhig und von ständigem nervigen Aufwachen begleitet. Nicht wegen der Aufregung in der Oper, das war wirklich lustig gewesen, sondern weil im Hotelzimmer nebenan jugendliche Zwerge genächtigt hatten, die bis in den Morgen herumgeblödelt hatten. Lautstark; oder die Zimmerwände waren hierzulande dünn wie Kurtisanenhemdchen. Gleichwie, die Stimmung war am Boden. Auch bei Orc, der in der gewohnten Weise schweigend litt, ob der Aussicht auf dieses Ballett. Er drückte fest die Daumen, dass sich Brakk erweichen ließ. Die fünf Götter des Abgrunds zeigten Erbarmen. „Ausnahmsweise. Die

Eintrittskarten haben morgen auch noch Gültigkeit." Eintrittskarten? Orc zog eine Augenbraue hoch. Abgesprochen hatten sie das nicht. So oder so, der Horror war um einen Tag verschoben. Zoo, das mochte unterhaltsam sein. Vielleicht hatten sie dort sogar eine Schenke, in der man mittags einzukehren vermochte. Dementsprechend entspannt musterte der Wachweibel die ihn umgebende Stadt, durch die sie kurz darauf in einem weiteren „Für alle" rumpelten, eingeklemmt zwischen schwitzenden Unterschichts-Zwergen – vergleichsweise angenehm – und zwischen parfümierten und gepuderten Mittelschichts-Zwergen – ausnahmslos unangenehm. Dass der Busen seiner Frau hierbei auf dem Kopf eines Zwerges ruhte, berührte den Ork nicht; denn es war der ungewaschene Kopf eines aus der Unterschicht. Was sich der Zwerg dachte, war erst recht irrelevant. Sehen konnte man sein Gesicht eh nicht, in dem Gedränge und dank seiner „Kopfbedeckung". Zudem seine Frau wie auch seine Tochter auf sich selbst aufpassen konnten. Wer dazu nicht in der Lage war, wurde in Drolf nicht alt.

Ach ja, moderne Zwergenstädte. Dachte der Normalo eventuell an fackelbeleuchtete unterirdische Hallen, Tunnel und Säle, war Orc doch weltmännischer veranlagt, oder besser: welterfahrener. Klar, es gab etliches unter Tage, allerdings vegetierten dort all die, die zu nichts anderem taugten, als zu den dreckigsten und gefährlichsten Arbeiten. Heutzutage waren das in allerseltensten Fällen Zwerge – dann meist als Aufseher, Kontrolleure, Steuereintreiber… –, stattdessen Kroppzeug wie Nachtgnome oder irgendwas Schratiges. Billigste Arbeitskräfte eben, die froh waren, für Wasser und Brot schuften zu dürfen. In Drolf hatte man dafür die sogenannten Menschen, äußerst primitives Volk. Nicht wert, weiter Gedanken daran zu verschwenden. Jedenfalls lebten die Zwerge oberirdisch, seit langem. Je reicher, desto protziger. Und reiche Zwerge gab es viele im blühenden Handels- und Tourismuszentrum Hammer.

Lag das Hotel am Rande des Prunkviertels, neben den eher windschief zu nennenden Hütten der Gossenelben – wenige von denen waren clever, ehrgeizig oder skrupellos genug, in der Hierarchie aufzusteigen –, führte ihre Route aktuell durch die wirklich ansehnlichen Ecken. Wenn man auf Protz und Prunk stand. Orc weniger, seine Frau schon eher. Sie seufzte und gluckste gar im Angesicht der Paläste aus Marmor und Vergoldung, mit ihren Türmchen und Erkerchen. Gronk hingegen starrte nur vor sich hin, ihr gelangweiltes Pubertätsgesicht aufgesetzt. Endlich kam die Haltestelle am städtischen Zoo in Sicht und der Ork drängte das niedere Volk rüde zur Seite, um sich und den Seinen den Weg zum Ausgang zu bahnen. Als sie wieder an der frischen Luft standen, atmete er tief durch. Das süßliche Zwergenparfüm biss ihm noch immer in der Nase. Fast ertappte er sich dabei sich zu wünschen, der Urlaub wäre schon vorüber. Das nächste Mal würde er das Urlaubsziel bestimmen, die Sklavenarenen von Terror zum Beispiel. Oder die Casinostadt der Moornymphen. Orktypische Reiseziele. Nicht dieser Kulturquatsch. „Ja, Brakk, ich komm ja. Nein, ich trödele nicht absichtlich. Ich will auch in den Zoo."

Der Zoo. Raubsaurier, exotische Monstrositäten, Ungeheuer aus fernen Landen, brutale Bestien, die mit Verurteilten gefüttert wurden – Fehlanzeige. „Sieh doch, die niedlichen Hirsche!" „Ich sehe es, Weib." Dies Vieh zählte für ihn in die Kategorie appetitlich, nicht niedlich. Niedlich waren Zwergdrachen, die einem ein Stück Fleisch aus dem Arm rissen, wenn man nicht vorsichtig war. „Sehr schön, Brakk. Und schau, da sind noch *niedlichere* Zwerghasen." „Ach Du!" kicherte sie. Bei allen Göttern, sie kicherte. Wenigstens Gronk zeigte ihr bestes abweisendes Schmollen zur Schau. Hatte sie nicht in den Zoo gewollt? Frauen, unverständlich in jeglichem Alter.

Der Zoo war insgesamt – langweilig. So langweilig, dass Orc, trotz seines sonst hin und wieder wachen Wächterverstands, auch nicht viel auf die neusten Meldungen gab, die von einem jungen

zwergischen Ausrufer herausgeplärrt wurden, als
sie gerade zu Mittag aßen. Gemüse und fades, er-
schreckend mageres Fleisch undefinierbarer Herkunft. „Neueste Meldung, neueste Meldung.
Amoklauf eines Wachgolems in Ballett. Fünf tote
Zwerge und vier tote Ork-Touristen! Neueste Meldung…" Selbstredend waren sie nicht am spannen-
den Ort. Glücklicherweise ging auch dieser Tag irgendwann zur Neige.

VI.

Abneth und Ibneth hatten Glück im Unglück.
Das Unglück war, dass sie kreuz und quer durch
die Stadt latschen mussten, um die Besucher zu befragen, das Glück war, dass keine Hochwohlgebo-
renen darunter waren; denn das hätte noch mehr
Arbeit bedeutet: Mit Hausdienern auseinanderset-
zen, Termine vereinbaren, nochmal wiederkom-
men, warten, etc. Drei der normalsterblichen Par-
kettbesucher hatten sie am Vormittag bereits ange-
troffen. Eine immer noch aufgelöste Zwergin um
die Fünfhundert, also im gestandenen Alter, die
mehr geweint denn gesprochen hatte. Ein junger
zwergischer Witwer im besten Alter, Braumeister
noch dazu, der im Befehlston rasche Aufklärung
verlangt hatte, aber sonst nichts beizutragen

wusste. Und ein geckenhafter Zwerg in einem Damenkleid mit Rüschen, der ihnen einen Likör aufschwatzen wollte, den sie unter anderen Umständen gesüffelt hätten. Doch leider, die Arbeit, die Arbeit.

„Zeitverschwendung." murrte Ibneth, als sie wieder den Staub der Straße kosteten und kein wundervoll berauschendes Getränk. „Die haben doch alle nichts von Wert gesehen." „Und einer davon ist wohl der Mörder." grübelte Abneth. Beide blieben gleichzeitig stehen und beide schluckten synchron. Ibneth entfuhr ein unflätiger Fluch. „Wäre es nicht angebracht, ein paar Streifenbullen mit zu den Befragungen zu nehmen. Als Rückendeckung?" Er kannte die Antwort. „Nicht deren Aufgabe." winkte sein Bruder ab. „Die müssen aufpassen, dass keiner auf den Boulevard spuckt und so." Wenn sie klingende Münze besessen hätten, hätten sie jederzeit Unterstützung kaufen können, Streifenbullen inklusive. Silber freilich, nicht das Kupfer, mit dem man Büttelassistenten abzuspeisen pflegte. Davon ließ sich höchstens eine Brotzeitsemmel erwerben. Für den Gegenwert einer Semmel fand sich niemand, der so abgebrannt und blöd war, als Rückendeckung herzuhalten. „Wir haben die hier." stupste Abneth den eisernen Schaller an, den er auf dem ausgemergelten Schädel trug. „Und das hier.", den Degen an seinem Gürtel anhebend.

„Und der Mörder lässt Köpfe platzen, mit einem Fingerschnipp." zerstörte der andere die Illusion von polizeilicher Macht. „Schrott, wir bräuchten wen von der Magischen Abteilung. Ich erkenn ja nicht mal, wenn was Magisches im Busch ist." „Nicht, bis Dein Blut zu kochen beginnt und sich die Haut, also Deine, schält." nickte sein Zwilling. „Scheiße." ächzten beide. Und die Magische Abteilung kam erst zum Einsatz, wenn sich echte Gefahr am Horizont zeigte, zum Beispiel ein feuerspuckender Urweltdrache, oder wenn ein sechsfach gehörnter Dämon in die Stadt zu spazieren drohte. Nicht, wenn zwei Büttelassistenten die Hose voll hatten, sprichwörtlich gemeint. Ganz soweit war es noch nicht.

Aber sie hatten den Knebelvertrag unterschrieben, der sie verpflichtete, ihren Dienst zu tun, solange sie irgendwie unter Beobachtung standen. Ein Mord an einem Opernstar war etwas, wofür man stark unter Beobachtung und mithin Erfolgsdruck stand. Opernstars hatten Bewunderer in den höchsten Gesellschaftsschichten, bis hinauf zum Regierenden Rat. Fahndungserfolg wurde erwartet, Misserfolg auf das Schärfste missbilligt. Missbilligung hieß hier Versetzung zur Kloakenaufsicht, wenn es gut lief. „Sollen wir das Ding nicht doch diesem stinkenden Ork anhängen?" kam es Ibneth. „Nicht, solange der Chef etwas dagegen hat. Mag sein, er ändert seine Meinung noch. Wäre nicht das erste Mal. Also auf, einen schaffen wir noch vor der Mittagspause." Fatalismus kehrte ein, wo er arg oft zuhause war. Gossenelben hatten wirklich nichts zu lachen in dieser Welt.

Wenig später standen die Zwillinge vor der Haustüre des nächsten zu Befragenden; einer der Käufer an der Abendkasse, dessen Adresse aber zufällig die vor sich hin weinende Zwergin vom Vormittag gekannt hatte. Sie kannte den Eigentümer von ihren vielen Spaziergängen, einsamen Spaziergängen, hatte sie betont. Sie hatte nichts mehr im Leben, außer die Oper und diese Spaziergänge, auf denen sie sich am Tun ihrer Mitzwerge erfreute, also auf gut Zwergisch diese neugierig verfolgte, beglotzte und gegebenenfalls belauschte. Das Gebäude jedenfalls, das sie benannt hatte, war – ausgefallen.

„Das nenne ich mal exzentrisch." hielt Abneth nicht mit seiner Meinung hinter dem Berg. „Pechschwarze Steinblöcke, verziert mit mehr als mysteriösen Ornamenten und unleserlichen Runen. Die Fenster mit Schmiedeeisen vergittert, dahinter mausgraue Vorhänge. Zugezogen, würde sonst auch nicht ins Bild passen. Nett." Ibneth klopfte derweil; der Türklopfer hatte die Form einer Tierkralle, die einen Totenschädel umklammert hielt.

Auch dies sehr exzentrisch, selbst für Hammer-Verhältnisse.

Anders als exzentrisch vermochte man den, der schließlich öffnete, ebenfalls nicht zu bezeichnen. Ein dürrer Zwerg – wahrscheinlich. *Wirklich* dürr. Er war der dürrste Zwerg, den die Zwillinge je gesehen hatten, ungelogen. Geradezu ein wandelndes Skelett, mit ledriger Haut darüber und ein paar einzelnen weißen Haaren überall. Bekleidet nur mit einer Art Kutte in Beige und mit löchrigen Filzlatschen an den Füßen. „Hä?" krächzte der Kauz, vom einen zum anderen schauend. Ibneth verneigte sich leicht, nur so zur Sicherheit, konnte man den Stand und die Profession einer Person in Hammer doch nicht immer gleich am Aussehen ablesen, und sagte in möglichst amtlichem Tonfall: „Stadtwache, die Götter zum Gruße. Sind Sie der Hausherr dieser Behausung?" Der Kauz kratzte sich am Allerwertesten, sprach jedoch im Anschluss das folgende, bedeutungsschwangere: „Nö." Abneth bohrte nach: „Dann ist dieser vielleicht zu sprechen?" Ein weiteres, möglicherweise obszönes Kratzen. „Nö." „Und warum, wenn ich höflich fragen darf." – Ibneth, nicht mehr annähernd so höflich. „Weil er nicht da ist." – der Kauz. „Und wo ist er?" – wieder Abneth, leicht genervt. „Ballett." – der Dürre. „Kommt wann wieder?" – Ibneth, ungehalten. Achselzucken von Seiten des Kauzes. „Er kommt, wenn er kommt."

Abneth wollte sich entnervt abwenden, um sich doch nochmal umzudrehen. „Und Sie sind?" „Rumpold, das Faktotum." „Mädchen für alles." soufflierte Ibneth, der als der Gebildetere der beiden gelten mochte – und der zudem ein Fremdwörterbuch sein Eigen nannte, das er im Ansatz auswendig gelernt hatte. Womit alles gesagt war. Halt, noch dies: „Soll sich mal auf der Hauptwache melden, von wegen Aussage machen und so, der Hausherr. Sobald er wieder da ist." Der Kauz murmelte Einverständnis; höchstwahrscheinlich. Der Form war genüge getan und die Zwillinge verließen diesen enervierenden Ort. Aus dem Schatten des Hauses getreten, wurde die Welt schlagartig bunter und wärmer, freundlicher, einladender. Apropos einladen. „Jetzt bist Du mal dran, mich zum Mittagessen einzuladen, Ibneth. Gestern und vorgestern habe ich die Zeche beglichen." „Na freilich." entgegnete sein Bruder. Alles in Ordnung, wenn sie nur rasch von hier wegkamen. Das Essen war sowas von verdient…

VII.

Das Abendessen drohte in eine Katastrophe auszuarten. Zuerst die Ermangelung von Fleisch jeglicher Sorte. „Vegetarischer Abend?" Orc hätte beinahe gebrüllt. Brakk konnte ihn gerade noch mäßigen, durch einen raschen und zupackenden Griff zwischen die Beine. Dazu die beschwichtigenden Worte, die allerdings sekundär waren: „Einmal im Leben kann man auch auf Fleisch verzichten. Zuhause gibt es wieder Fleisch bis zum Abwinken, versprochen." Und, drohend: „Wir wollen den Urlaub doch entspannt *genießen*, oder?" Der Gatte winselte. „Aber so gar kein Fleisch." „Genießen." wiederholte Brakk, hörbar betont. Sie lächelte die Kellnerin freundlich an, eine junge, schlanke Zwergin mit goldgelbem Haupthaar und knappem Kostümchen, die dennoch zu schwitzen begonnen hatte. „Wir nehmen das schärfste Gericht, das auf der Karte steht. Dreimal, bitte. Dazu zwei Obstsäfte und" – sie blickte gnädig gen Orc – „ein Bier vom Fass."

Als die Kellnerin davongeeilt war, ging das Theater weiter. „Ich will dann nicht schon aufs Zimmer!" lamentierte die Tochter. „Ich will raus, was erleben. Nachtleben pur. Nicht Ödnis auf der Bude!" „Fräulein…" setzte Orc an, was zu einer zweiten Intervention Brakks führte. „Wäre doch angenehm, wenn wir Zeit für uns hätten." säuselte sie, ihn wieder zwischen die Beine greifend, diesmal weniger brutal. Holla, die Waldfee; der Alten tat der Urlaub anscheinend so richtig gut. Der Ork grinste breit. „Ja, wenn das so ist." Zu Gronk: „Ausnahmsweise. Du kommst vor Mitternacht wieder, klopfst kurz an unserer Tür und" – das Wesentlichste für ihn – „Du bekommst nicht mehr als zehn Kupferstücke mit. Maximal." Gronk bestätigte es eifrig.

Damit war die Katastrophe augenscheinlich abgewendet. Das Ehepaar zufrieden und erwartungsvoll, die Tochter zufriedengestellt, denn zehn Kupfer genügten zumindest für einfachere Lustbarkeiten, wie ein Gläschen Wein oder zwei, das Abendessen… Das vermochte man(n) hinunterzuwürgen, in Vorfreude auf das Danach. Entsprechend hektisch erfolgte das gesegnete Mahl, dessen versprochene Schärfe zu wünschen übrigließ. Aber scharf sollte die Nacht noch werden, verdammt scharf, ging es nach Orc und – man sah es beim näheren Hinsehen – ebenso Brakk.

Minuten später, nicht exakt messbar, da es der fortschrittlichen Kultur von Hammer trotz allem genauer Zeitmesser ermangelte, war Gronk bereits auf dem Weg zu den Vergnügungen der Stadt und das Elternpaar auf dem Zimmer, hektisch an seiner Kleidung zerrend. Ein Nachteil von orkischer Lederkleidung, welche sie nun, im Urlaubsalltag, trugen, waren die vielen stilvollen Metallschnallen zur Befestigung und artgerechten Fixierung. Doch auch dieses Hindernis war rasch überwunden und das Paar wälzte sich grunzend, geifernd und beißend auf dem wuchtigen Kastenbett, das durch Stöße und Schläge schwer erschüttert wurde, jedoch als Zwergenwertarbeit schwersten Belastungen standhielt. Es gab auch gewichtigere und noch kräftiger gebaute Hotelgäste als Orks und man wollte vom Hotelmanagement aus keinen Versicherungsfall riskieren. Sprich, das Bett besaß die Klassifizierung „Oger-sicher". Zeit und Raum verschwammen und Orc war in seinem Element; endlich etwas im Urlaub, das er so voll und ganz schätzte. Brakks Kreischen nach – *wahre* Melodie in Orcs Ohren – war auch sie voll bei der Sache. Als es an der Zimmertür klopfte, hohl und dröhnend.

Der Ork fuhr abrupt in die Höhe und schrie auf. Wenn das jetzt seine Tochter war…! Das Donnerwetter würde sich gewaschen haben! „Was?" grollte er. Er sprang aus dem Bett und Brakk hieb ihre Fäuste auf die Matratze. „Verdammt." Orc stürmte zur Tür, schlug den Riegel zur Seite, riss sie auf und – zuckte zurück. Nein, seine Tochter war es nicht. Vor der Tür stand eine rauchende, nachtschwarze Kreatur mit unklaren Konturen; nicht pfeifenrauchend, sondern aus allen Poren rauchend. Sie starrte Brakk von schräg oben aus Augen, glühenden Kohlen gleich, an und wisperte, unterlegt mit knackendem Brandgeräusch: „Der Flammenork. Er muss kommen." „Verflucht", zischte Orc, „*ich* wäre in Kürze gekommen!" Was nicht die

Antwort war, welche die Kreatur hören wollte, ihrer Reaktion nach. Sie packte nämlich den Ork, der darob aufschrie, denn ihre Klauen waren ziemlich heiß, und schleuderte ihn quer in den Raum zurück, wo er glücklicherweise auf dem zerwühlten Bett neben seiner verdatterten nackten Frau landete. „Wir haben das „Nicht Stören Schild" aufgehängt!" entfuhr es ihr. Ebenso keine Antwort, die für die Kreatur von Belang war. Sie schlug die Türe zu, leider von innen, und schwebte rauchumwabert auf die beiden zu, „Flammenork" zischend. „Jetzt ist es aber genug!" ärgerte sich Orc. „Falsches Zimmer, hier gibt es keinen Flammenork!" Die Kreatur griff nach einem Handtuch und ließ es aufflammen, wohl zur Verdeutlichung ihrer Absichten. „Anscheinend meint das Wesen, dass es Dich in Flammen aufgehen lassen will." mutmaßte Brakk. Orc grunzte tief; zumindest keine Oper. Die Kreatur näherte sich drohend aufgerichtet und den Orks begann Schweiß zu fließen, noch viel mehr als sowieso schon. Die Temperatur stieg fühlbar an. „Also gut."

Orc sprang ein zweites Mal aus dem Bett, duckte sich, täuschte an und trat dem Eindringling mit voller Wucht gegen den rauchenden Brustkorb. Ein Aufschrei und er schwankte zurück; auf seiner nackten Fußsohle hatten sich Blasen gebildet. „Scheiße, ist der heiß!" „Gib es ihm!" kreischte Brakk zornig. „Er hat sich gekrümmt!" Folglich war er nicht unverwundbar. Und er war langsam. Orc ging in Positur, wich einem Rauchfaden ziehenden Armschlag der Kreatur aus und hieb ihr mit aller Kraft gegen das qualmende Kinn. Erneuter Aufschrei – vom Ork. Die Haut seiner Rechten war geschwärzt und schälte sich hie und da. Das Wesen taumelte nach hinten. „Nimm das!" grollte der Wachweibel, den Schmerz verdrängend, und deckte das Rauchwesen mit einer Serie harter Schläge gegen Kopf und Brust ein. Er hätte es gerne in Orkmanier gegriffen und ihm das Genick gebrochen, oder wenigstens ein paar Glieder, allerdings war er noch bei Verstand. Und jeder Schlag verbrannte ihn weiter. Zu allem Unglück hatte die Kreatur nun auch noch den Holztisch und die Stühle des Raums in Brand gesetzt; Orc und Brakk husteten, ob der fiesen Rauchentwicklung, und ihre Augen tränten. Das Unglück wuchs, als die Kreatur Orc am Arm erwischte und zu sich zog. Er tat etwas, was er sich sonst unter allen Umständen verkniffen hätte, er nutzte die vor allen Mitwachen geheim gehaltene Spezialtaktik – denn es war ja nur seine Frau im Raum und die würde schweigen. „Hilfe!" röchelte er. Der brennende Schmerz drohte ihn in die Bewusstlosigkeit zu zwingen. Seine Beine gaben nach; schon spürte er nicht mehr, wie die Kreatur ihn vollends umschlang und wie sich die Haut an seinem Rücken schälte. Er hatte doch im Bett, beim Sex sterben wollen, alt und geil…

Auf einmal wurde Orc pitschnass und nicht nur er – die Rauchkreatur gab ein leidendes Stöhnen von sich und es klang zudem wie erlöschendes Feuer. Es roch komisch. Brakk erhob sich über ihnen, in beiden Händen einen ausgeleerten Nachttopf, und beide großen Gefäße – „Oger-Standard" – hieb sie dem Eindringling krachend gegen den Schädel, von jeder Richtung einen, dass sie zersprangen. Sie achtete nicht darauf, dass sich Splitter in ihre Hände gruben, packte vielmehr einen der längeren, zackigen und rammte diesen der Kreatur durch das nicht mehr ganz so glühende rechte Auge in den Kopf. „Wir haben das „Nicht Stören Schild" aufgehängt!" knurrte sie dabei. Alles Feuer erlosch wie von Zauberhand und die Kreatur löste sich mit einem letzten Zischen in Luft auf. Und Orc wurde ohnmächtig.

Der Hotelportier Rudolf – einfach Rudolf – hatte kurz darauf Mühe, seine Contenance zu bewahren, als die Orkin von Zimmer Zehn, splitternackt und ihren bewusstlosen, von Brandwunden übersäten und gleichfalls nackten Mann über der Schulter, unvermutet vor ihm stand, mit blutenden Händen. Es stank zudem durchdringend nach Urin. „Wir bräuchten bitte einen Heiler. Es gab eine Zimmerverwechslung mit unschönem Ausgang. Ach ja,

Zimmer. Es wäre wirklich herzallerliebst, wenn wir ein anderes Zimmer bekommen könnten. Unseres ist aufgrund der genannten Umstände in etwas schlechten Zustand geraten." Gleichwie, der Kunde war König. Rudolf eilte sogleich davon, das Nötige zu veranlassen. Dennoch würde er davon Alpträume bekommen, garantiert…

VIII.

„Papa sagt, ich soll nicht mit hässlichen Fremden sprechen. Nur mit beeindruckend starken oder mit besonders reichen. Die dürfen mich gegebenenfalls schwängern, was auch immer das ist. Wenn sie sich an das Gesetz der Orks halten." „Gesetz der Orks?" „Schwängere mich, verlass mich und mein Papa kommt und hackt Dich in Stücke."

Der Zwergenjüngling wich zurück, lächelte unsicher und verabschiedete sich sicherheitshalber. Seine Kumpels am Ecktisch, zu denen er geknickt zurückkehrte, feixten hämisch. „Wie war das? Der Superstecher macht alle klar, sogar Orkfrauen?" Seine verschämt geflüsterte Antwort ging im Gelächter der Zwergenburschen unter. Nicht, dass diese die junge Orkin weiter interessiert hätte.

Gronk sehnte sich nach Drolf, erst recht, seitdem sie das Nachtleben in Hammer kannte. Gut, nur einen kleinen Ausschnitt. Gut, nur diese Kellerbar hier, in einer dreckigen Seitengasse, nicht weit vom Hotel. „Voll der Hammer" – ein glorioser Name für eine schlichte, kerzenbeleuchtete Kaschemme.

Der angepriesene Hauswein schmeckte wie Wasser; nach ihrem Alter hatte sie keiner gefragt, nicht der knorrige Zwergenwirt mit der Augenklappe hinter der Theke, nicht die ältliche Zwergenkellnerin, in deren tiefen Gesichtsfalten man hätte Kartoffeln anbauen können. Das Publikum war ebenso wenig ansehnlich. Zwei alte Säufer, Zwerge mit bodenlangem weißgrauen Bart, in speckigen Lederklamotten, die Anno Fünf in Mode gewesen sein mögen, und der Tisch mit der Horde Jungzwergen, die es mit der Mode übertrieben: Rüschenbesetzte Leibchen aus meerblauem Samt, hautenge Hosen aus irgendeinem Wildleder, spitzzulaufende Lederschuhe mit türkisfarbenen Pommeln obendrauf. Dazu Gel im Haar und Schleifchen im Bärtchen. Damit war kein Krieg zu gewinnen. Eine gestandene Orkin erst recht nicht. Gronk hielt sich dafür; Einbildung war auch Bildung.

Die Orkin klammerte sich an ihrem Weinbecher fest und ließ die Blicke schweifen. Knarrende Holzdielen am Boden, Gerümpel an den Wänden; angerostete Waffen, krummgeschlagene Beile und schartige Schwerter. *Das* ging ja noch. Ähnliche Deko fand sich in jedem besseren Ork-Haushalt. Gronk hatte allerdings den Verdacht, dass diese Waffen nie einen Kampf gesehen hatten und künstlich in diesen Zustand versetzt worden waren. Papa hatte ihr erzählt, dass die Zwerge von Hammer solch Schindluder betrieben. Armselig. Besonders Halblinge sollten sich diese gefälschte Ware kaufen und dann zuhause mit ihren Taten prahlen. Es war ihnen allemal zuzutrauen. Gronk dachte daran, dass ihre Vorfahren dereinst Halblinge gegessen hatten. Das mussten lässige Zeiten gewesen sein. Heute herrschte Frieden zwischen den Völkern und das hieß, dass man sich nicht mehr gegenseitig aufaß. Wie Halblinge wohl schmeckten? Wie Hühnchen? Orks hatte nie jemand gegessen, zu zäh. Na, vielleicht Bergriesen oder so. Die sollten selbst Felsen verschlingen.

„Bergriesen haben nie Orks gegessen. Unser Fleisch ist für andere Völker giftig." Gronk erschrak fast zu Tode. Hatte sie das laut vor sich hingemurmelt? Sie hatte. Die junge Orkin schaute nervös auf; was sie zu Sehen bekam, ließ ihren Puls schneller schlagen und gewisse Gefühle regten sich. Ein Ork. Nicht irgendeiner, ein echt knackiger, junger, muskelbepackter. Giftgrün fluoreszierende Augen, dicke Augenwülste darüber, eine breite, schnaubende Nase darunter, darunter wiederum ein schmaler

Mund, der, sanft geöffnet, Reihen spitzer Zähne offenbarte. Gronks Atem ging pfeifend. Blauschwarzes, schulterlanges Haar, Muskelwülste an Schultern und Oberarmen, tonnenartiger Brustkorb unter dunkelbraunem Leder, handbreiter Gürtel mit eiserner Schnalle in Form zweier sich schließender Klauen, hautenge Wildlederhose – an ihm sah das göttlich aus –, grobe Lederstiefel. Ein Ork von einem Ork!

„Hallo." presste sie hervor. „Ich setze mich mal." sagte er wie selbstverständlich und ließ den Worten Taten folgen. Den Krug Bier, den er von wer weiß woher hervorgezaubert hatte, stellte er vor sich. Auf Krüge hatte Gronk weniger geachtet. „Und", fragte er schnippisch, „gehöre ich zu denen?" „Zu wem?" fragte sie verwundert. „Die Dich Schwängern dürften." „Ich, also…" Der Ork lachte auf. „Wie herrlich rot Du wirst, putzig!" „Putzig?" Gronk brauste auf, die Fäuste geballt. „Wer ist hier putzig? Du suchst Streit, wie? Kannst Du haben." Es wäre nicht der erste Junge gewesen, dem sie die Nase gebrochen hatte, auch wenn das letzte Mal länger her war, im Kindergarten. Das hatte zu Ermahnungen geführt, dem Jungen gegenüber, der ob der Nasensache geflennt hatte. Orks flennten nicht, logisch. Sie aber war von der Erzieherin belobigt worden, ob ihrer Reflexe und Tatkraft. Dieser „Junge" ruderte zurück. „Nur Spaß." Gronk entkrampfte sich wieder.

Der Ork nahm einen langen Zug aus seinem Krug und meinte anschließend: „Rokk ist mein Name, ich komme aus Nürs." Nürs? Ein Provinzkaff in der Nähe des Nebelmeers, das außer Fischerei nichts zu bieten hatte. Gronk grinste überlegen. „*Ich* komme aus Drolf. Mein Papa ist da ein hohes Tier beim Militär. Und ich heiße Gronk, genau wie die Heldin von Anno Vier, die bei der Belagerung von Inthwiz siebenundfünfzig Nebelelben erschlagen und dabei so manches eingebüßt hat. Ihre Gegner viel mehr, ihr erbärmliches Leben. Und Gronk hat später noch viele Jahre Rekruten gequält, damit aus ihnen echte Soldaten wurden." „Gut in Geschichte aufgepasst." war es an Rokk zu Grinsen. „Wer seine Geschichte nicht kennt, ist ein armes Würstchen. Schließlich muss sich Geschichte wiederholen. Irgendwann." „Wohl gesprochen. Ich finde es auch mächtig schade, dass wir in einer so friedvollen Zeit aufwachsen müssen. Krieg, sich bewähren, in Blut waten, die Angstschreie der Gegner, bevor sie ins Gras beißen, flatternde Banner aus Menschenhaut leiten einen in die glorreiche Schlacht. Ach." Beide seufzten. „Wir haben viel gemeinsam." lächelte die junge Orkin. „Sag an, hier ist es doch wahrlich öde. Kennst Du unter Umständen eine spannendere Kneipe in der Stadt? Ich finde, es wäre Zeit weiterzuziehen." „Wie gewählt Du sprichst, man merkt, dass Du aus der Hauptstadt stammst." Bei einem anderen hätte Gronk das als Beleidigung aufgefasst, nicht aber bei diesem Prachtexemplar. „Unsere Kultur zeigt sich in der kultivierten Rede", meinte sie altklug, „nicht in so Kram wie Operngedöns." „O.k.", dachte sich Rokk, „sage ich ihr also nicht, dass ich Dramaturgie am hiesigen Theater studiere." „Fein. Ich zeig Dir die richtig geilen Kneipen." Er drehte sich zum Wirt, um zu bezahlen – nur für sich, verstand sich unter Orks – und wunderte sich einen Moment, dass der Greis mit Augenklappe durch einen anderen, klapperdürren Greis ersetzt war, der nunmehr hinter der Theke lehnte. Nun ja, nicht sein Bier. Da kam auch schon die Kellnerin und kassierte ab.

IX.

„Also nichts, rein gar nichts. Überhaupt nichts." Toralf Donnerstein war nicht zufrieden. Stundenlang waren seine Assistenten fortgewesen, hatten überall Maulaffen feilgehalten und wofür? Für nichts. „Entschuldigung, Chef", sprach Abneth leise, „die Leute haben einfach so gar nichts gesehen, jedenfalls nichts zielführendes. Keiner vermochte etwas Hilfreiches zu bezeugen."

Verdammt und zugenäht. Der Stadtmarschall hatte ihm den Bolzen auf die Brust gesetzt, im übertragenen Sinne. Der Startenor war der Liebhaber des Hohen Rats Rappel vom Eisenfuß gewesen, der dementsprechend ungehalten war und Ergebnisse erwartete. Eine Festnahme, eine nette öffentliche Hinrichtung. Rasch und sauber. Und was machten seine zwei Deppen? Nutzlos in der Gegend herumstromern.

„Was gibt es Neues in der Wachgolem-Sache?" Ibneth richtete sich auf; hier wenigstens konnte er etwas beitragen. „Es war eine Fehlfunktion. Manipulation war im Spiel! Jemand hat den Kontrollzauber deaktiviert und an den Befehlen des Golems herumgepfuscht. Was genau, lässt sich aber nicht mehr nachweisen. Der Golem wurde von der Eisengarde in Trümmer geschlagen." Die Eisengarde, genauso effektiv wie unüberlegt. Zwergische Elitekrieger mit Kriegshämmern und mehr Kraft denn Verstand. Die Kerls liebten es, Dinge zu Klump zu hauen. „Magie, immer wieder Magie." brummte der Zwerg. „Wäre es nicht an der Zeit, die Magische Abteilung hinzuzuziehen?" wagte Abneth einzuwerfen. „Warum nicht gleich die Hochseeflotte?" Toralf lachte dumpf. „Geht nicht. Magistra Rubin hat seit heute Morgen Influenza, Magister Smaragd ist auf Fortbildung in Tömmel und Magister Blei hat einen Forschungsauftrag der Priorität Eins." „Forschungsauftrag?" „Er soll die Rosen des Hohen Priesters Nars Dotterweich stimulieren, damit sie für den kommenden Züchterwettbewerb überragend blühen. Priorität Eins, ohne Frage." Keine Ironie – mit den Göttern und ihren höchsten Vertretern hatte man sich gutzustellen.

Der Zwerg atmete tief aus. „Ich habe lange nachgedacht. Der Fall ist – kompliziert. Wächst uns über den Kopf." „Und mein Kopf ist es, der auf dem Spiel steht." kam es ihm. „Diese, hm, nicht ganz astreine Überlegung ist vielleicht doch überlegenswert. Die mit dem, hm, Ork-Touristen." „Wir sollen es ihm also in die Schuhe schieben, möglicherweise ein wenig an den Beweisen schrauben, gewisse amtlich bekannten Zeugen motivieren, das Richtige auszusagen?" freute sich Abneth, da solches simpel anzufangen war und kaum Gefahr in sich barg. „Magische Waffen gibt es auch für Unkundige, Wegwerfwaffen sozusagen. Wer behauptet eigentlich, der Ork habe nicht genau so was benutzt." trumpfte Ibneth auf. „In der Asservatenkammer haben wir sicher noch so ein gebrauchtes Teil." wusste sein Bruder beizutragen. Interessant, wie die Gehirne der beiden arbeiteten, ging es um die leichte Lösung. „Nana, zuerst solltet Ihr den Kerl schlicht observieren. Kann ja sein, dass das Verdachtsmomente mit sich bringt. Das würde es uns natürlich einfacher machen." Noch einfacher. „Und wenn nach seiner Verhaftung weitere Morde geschehen?" äußerte Ibneth vorsichtig. „Ein anderer Fall, ein neuer. Kein Zusammenhang." War also auch das geklärt. „Los, was steht Ihr noch dumm herum? Observation steht an. Das solltet Ihr doch hinbekommen…" Die Elbenzwillinge verneigten sich linkisch und eilten hinaus. Toralf Donnerstein dagegen betete zu allen ihm bekannten Göttern, das hierbei bloß nichts schiefging.

X.

Ja, diese Kneipe war deutlich cooler als die vorherige. Es gab sogar einen orkischen Sänger, der archaische, markige Kriegsballaden zum Besten gab. Neben diesem Bonus nannte die Kneipe derbe Holzbänke, die mit Fellen behangen waren, ihr Eigen, nebst zerbeulten Schilden an der Wand – und einem Schild mit der Gravur „Weitergehen bei Todesstrafe verboten" –, einen zerbrochenen Speer – klebte gar noch Blut an der Spitze? – und derlei Kurzweiliges mehr. Die Belegschaft bestand aus Zwergen, unweigerlich. Die hier trugen immerhin kurze Kettenhemden über dreckigem Leder, selbst die Frauen. Von der Decke, das war obercool, baumelte an Ketten eine ausgestopfte Riesenschlange.

Es gab nur Bier, freilich die kräftige, bittere Sorte, die das Herz von Gronks Vater hätte höherschlagen lassen. Gronk fand es auch nicht schlecht. Komisch nur, dass Rokk diesmal einen Tee bestellte. Er entschuldigte das damit, dass er schon – Zitat – den ganzen Abend übelst gesoffen habe und mal eine Pause bräuchte. Worte, die niemals aus dem Mund ihres Vaters gekommen wären. Bitte schön, wenn es ihm so gefiel. Wer war sie, ihm Vorschriften zu machen? *Noch* waren sie nicht verheiratet. Das kannte sie so von Mutter. Die Kommandostruktur änderte sich erst mit der Hochzeit. Beziehungsweise nach der Hochzeit. Zuvor galt es gute Miene zum bösen Spiel zu machen.

„Und, was treibst Du sonst so?" versuchte die Orkin Smalltalk zu machen. Oder zu flirten? Sie war sich da selbst nicht so sicher. Mit Flirten hatte sie keinerlei Erfahrung. „Tja." Pause; er sah so männlich aus, wie er so angestrengt überlegte. „Ich", Pause, „bin ein", Pause Nummer Drei, „Kundschafter in Ausbildung. Du weißt doch, die Krieger, die ganz vorn, tief im Land der Feinde die Bewegungen dieser auskundschaften. Das sind die geschicktesten und härtesten." „Nur, dass es aktuell keine Feinde auszukundschaften gibt." stellte Gronk sachlich fest. „O doch!" konstatierte Rokk, sich in Heldenpose schmeißend. „Im fernen Düsterberg herrscht Krieg und die suchen fähige Söldner. Dort gibt es Ruhm und Gold zu gewinnen." „Wahnsinn!" kreischte Orcs Tochter ausgelassen. „Vielleicht könnte ich Papa überreden, auch das Kriegshandwerk zu erlernen und dann, hm, mit Dir dort in die Schlacht ziehen? Wäre das nicht exorbitant? Wie meine Namensvetterin Gronk damals? Ich denke, ich würde mich aber eher für die Schwere Infanterie eignen. Herumschleichen ist nicht so mein Ding, weißt Du? Ich hau lieber kräftig zu. Und ein Stahlharnisch steht mir." „Ja, sicherlich, das wäre klasse. Doch derzeit sind wir hier, gemeinsam. Lass uns anstoßen." Gronk kicherte; der Alkohol stieg ihr Stück für Stück in den Kopf. „Du bist so stark." lallte sie. Sie hob den Krug – meine Güte, war der riesig – und leerte ihn in einem Zug, dem sich ein orkischer Rülpser anschloss, der Wände zum wackeln zu bringen vermochte. „Hoppla." gluckste sie.

Der folgende Abend war eine Abfolge von Kichern, heimlichen Füßeln unter dem Tisch, Rülpsen, Nachbestellen – nur sie –, trinken auf Ex, mehr Kichern, einer amüsanten Brechattacke unter dem Tisch, dem Unterlassen von Füßeln in Folge, und zwei weiteren Rülpsern. „Ich" – hicks – „muss mal an die frische Luft." Er gab sich ritterlich, stützte sie, stürzte mir ihr, hob sie wieder auf und trug sie halb zur Hintertür. „So stark." hauchte sie, was romantischer gewesen wäre, hätte sie nicht nach Erbrochenem gerochen. Sie war eben ihres Vaters Tochter, kein Zweifel.

Rokk setzte sie draußen auf eine in der dortigen Gasse herumstehende Kiste und versuchte, nicht zu tief einzuatmen. Nicht wegen Gronk, sie war süß, selbst mit Kotze im schwarzen Haar – weil es in der Gasse nach Urin, Abfällen und Erbrochenem von weitaus übleren Quellen stank. War der Schatten da hinten nicht neu? Er sah wohl schon Gespenster, hätte wohl das Bier in der vorherigen Kneipe nicht trinken sollen. Sein einziges heute, am Rande bemerkt. Bewegte sich der Schatten? Rokk schlug das Herz bis zum Hals. „So stark." rülpste die Sitzende und senkte wieder das hübsche Haupt. „Ist da wer?" fragte der Ork ängstlich. Wie passend, dass seine Angebetete gerade unpässlich war, mithin nichts Unpassendes realisierte. „Stark, ja, ich bin stark." redete er sich Mut zu. „Mein Urgroßvater war Aggrr, der Tausendfach Verfluchte, Schlächter der Ebenen, Blutsäufer, Riesentöter. Ich entstamme einer Blutlinie von mächtigen Kriegern!" „Schön für Dich." Der Ork kiekste weibisch. Ein – Nein, ein alter Mann, kein Monster. „Du scheinst erleichtert." stellte der Greis fest, vollkommen rational. War das nicht der spindeldürre Opi aus der letzten Kneipe? Der von der Theke? „Von Dir wollen wir nichts."

erläuterte der Dürre freundlich. Wir? „Es geht einzig um die Kleine da auf der Kiste." „Das", Rokk zögerte, „geht leider nicht. Sie ist mit mir zusammen. Ich fühle mich für sie verantwortlich." Das hörte sie natürlich nicht. Stark, jawohl! „Vielleicht stimmt Dich mein Freund um." säuselte der Greis, keinen Deut von seiner Freundlichkeit Abstand nehmend.

Tiefes, gutturales Grollen ertönte, welches Rokk in allen Fasern seines Leibs verspürte. Seine Blase entleerte sich schlagartig in die hautenge Hose. Das war sein geringstes Problem. Er warf einen hektischen Blick über die Schulter; hätte er noch Blaseninhalt besessen, er hätte die gesamte Gasse überschwemmt. „Ich dachte, die wären im Großen Krieg ausgerottet worden…" keuchte er. „Nicht alle." lächelte der Dürre.

XI.

Oh, war Gronk übel. Dass sie unbequem auf ein Bettgestell gekettet war, machte es nicht besser. Rokk? Gehörte das zu dieser sogenannten Schwängerung? Wäre ihr nicht kotzübel gewesen, sie hätte es noch spannender empfunden. Sie hob leicht den Nacken an und brach diesen Versuch auf der Stelle wieder ab, da sie Schwindel befiel. Es hatte genügt, um zu sehen, dass sich ihr erhofftes Liebesbett in einem ansonsten kahlen Zimmer mit feuchten Steinwänden befand, erhellt von halb heruntergebrannten Kerzen auf schmiedeeisernen Ständern. Blöd nur, dass sie gefesselt war; Mama hatte das klüger angestellt, mit dieser Schwängerung. Sie hatte ihren Vater besoffen gemacht und dann auf das nächstbeste Bett geschmissen, wo er noch nüchtern genug gewesen war, sein Allerbestes zu geben. Aus diesem Allerbesten war schließlich sie erwachsen, sie, Gronk. Soweit reichten Gronks Biologiekenntnisse dann doch. Jemand räusperte sich heißer.

„He, Du bist nicht Rokk!" stieß sie entsetzt hervor. „Von Dir lass ich mich auf keinen Fall schwängern!" Der skelettartige Greis griente mit zahnlosem Maul. „Schwängern? Hätte mich vor Jahrzehnten möglicherweise gereizt, so eine Wildkatze zu zähmen. Nein, Du. Ich habe anderes im Sinn." Gronks Augen weiteten sich. „Foltern vielleicht?" Davon hatte sie mal gelesen; es mochte interessant werden, ihre persönliche Schmerzgrenze kennenzulernen. Bedachte man freilich, dass sie schon ihre Kopfschmerzen und ihre Übelkeit aufregten, war das unter Umständen doch nicht so toll. „Nichts dergleichen." suchte sie der alte Zwerg zu beruhigen, wo gar keine Beruhigung vonnöten war. „Ich benutze Dich nur, um ein Druckmittel gegenüber

Deinem Vater zu haben. Damit er zu mir kommt." „Schon mal daran gedacht, ihn einfach einzuladen?" murrte sie unwirsch. Der Greis spuckte aus. „Ein Schwein wie ihn lädt man nicht ein." Was, um alles in der Welt war ein Schwein? Sollte es eine Beleidigung darstellen? „Weshalb, sind diese Schweine nicht standesgemäß für ein Klappergestell wie Dich? Dich bläst doch jedes laue Lüftchen um." Gronk verlor langsam die Lust an diesem Palaver. „Das Klappergestell versohlt Dir gleich den Hintern, aufmüpfiges Gör." „Dafür müsstest Du mich losketten, um an meinen Hintern zu kommen." knurrte sie. „Wenn ich Du wäre, würde ich das lassen. Ich bin gerade in Stimmung, so einem Knülch wie Dir die Knochen zu brechen." „Das glaube ich." lachte der Zwerg auf. „Ich lass es möglicherweise darauf ankommen. Wenn wir Deinen Vater abgefertigt haben." Er gab ein Kommando und irgendwer schubste irgendwen durch eine Türöffnung in den kahlen Raum. Letzterer war Rokk, schluchzend, tränenüberströmt, am Boden zerstört. Er taumelte neben sie und ließ sich auf den Stein plumpsen. „Ich konnte nichts machen, echt. Bitte, verzeih. Ich, ich bin schwach. Kein Krieger." Na Bravo. Hörten die Enttäuschungen nie auf? „Ich lass Euch Schätzchen jetzt allein." spottete der Dürre, sich zum Gehen wendend. „Ihr habt Euch sicher viel zu Erzählen." Sein Gelächter wurde von der zu krachenden Türe abgehackt.

XII.

Der Morgen brach an und Orc war wieder soweit auf den Beinen; die örtlichen Heiler waren zugegebenermaßen überaus fähig, nutzten saubere Bandagen und potente Heilpflanzen, kombiniert mit einem Spritzer Magie. Dazu kam die außergewöhnliche Konstitution der Orks und heraus kam ein Wachweibel, der sich so gut wie neu fühlte. Auf ein paar schicken Brandnarben hatte er selbstredend bestanden. Auch die Hände seiner Frau waren wieder weitgehend wiederhergestellt. Das fand Orc nun nicht perfekt – mit dicken Verbänden hätte sie nicht mehr so leicht Eintrittskarten für Kulturschwachsinn erwerben können. Gewaschen waren sie ebenfalls, ein Luxus, der nach Orcs Dafür noch hätte warten können. Aber genial war, dass das Hotel für die Behandlungen aufkam. Der Manager hatte etwas von „Bitte nicht verklagen" gemurmelt und betont, dass die Sicherheitsmaßnahmen gegen ungebetene Besucher ab sofort deutlich verschärft werden würden. Ein blitzblankes, nagelneues Zimmer war ihnen auch versprochen worden. Zudem drei Freikarten für die Galerie der modernen zwergischen Kunst. Orc hasste den Manager inbrünstig.

Drei Freikarten. „Hat sich eigentlich Gronk gemeldet?" wollte er von seiner Frau wissen. Er selbst war längere Zeit im Koma gelegen und nicht auf dem Laufenden. „Natürlich nicht. Die bekommt noch was zu hören!" Orc gab sich milde. „Waren wir anders in ihrem Alter? Außerdem wird sie sich ärgern, dass sie den Spaß mit dem Rauchvieh verpasst hat." „Stimmt." Orc fuhr fort: „Sie kann auf sich selber aufpassen. Weißt Du noch, wie sie vor drei Jahren den jungen Oger k.o. geschlagen hat? Der ihr den Fleischspieß weggenommen hat?" Brakk lächelte. „Unsere Tochter."

Orc war nicht der einzige, der nunmehr milde gestimmt war. „Weißt Du was, mein Beißer, heute darfst Du bestimmen, wo wir hingehen werden. Außer natürlich zu den Sklavenarenen, ins Casino, ins Bordell, in die städtische Brauerei, zur Besichtigung der alten Trutzburg vor dem Stadttor. Wobei, gut, die Trutzburg käme in Frage. Steht zwar nicht im Reiseführer, aber das ist wohl Kultur, denke ich. Und wir wollen doch im Urlaub etwas anderes machen, als zuhause, oder?" Als ob sie zuhause die Sklavenarenen, das Casino, das Bordell, oder die Brauerei besuchen würden. Die Trutzburg von Drolf war kein Thema, denn dort arbeitete Orc. „Die Trutzburg wäre nett." sagte er. „Ich will doch mal sehen, wie die Leute hier so Burgen bauen." Das Gebäude hatten sie bei der Anreise von Ferne erblickt und für gut befunden; eine hübsch düstere Festung alten Stils. Stil war relevant. Was mochte der Grund sein, dass so etwas nicht in den Reiseführer aufgenommen wurde? Die Zwerge hatten wohl keinen Stil.

Der Beschluss war gefasst und wurde umgehend umgesetzt. „Was ist mit Gronk?" fragte Orc, sich am Arm kratzend; die Brandnarben juckten noch ein wenig. „Die soll schauen, wo sie bleibt." meinte Brakk gelassen. „Soll man lernen, pünktlich zu sein." O ja, seine Frau war eben doch Erziehungsprofi. Beide schüttelten den Zwergen ausgiebig die Hände – Orc nur den Heilern, der Manager war nach der Freikartenvergabe suspekt – und hinaus ging es in die pulsierende Stadt.

Eine Viertel Stunde später hatte Hotelportier Rudolf seine nächste nicht alltägliche Begegnung. Ein älterer Zwerg steuerte schnurstracks auf ihn zu. Das wäre nun nicht ungewöhnlich oder gar seltsam gewesen. Ungewöhnlich waren dessen Auftritt und Aufzug. Eine blutrote, bodenlange Robe aus Lodenstoff und Samt bekam man selten zu sehen, und das wollte in Hammer etwas heißen. Noch seltener, eigentlich nie, sah man einen Zwerg, dessen Augäpfel Funken sprühten – wortwörtlich – und der in der

Rechten einen Stab hielt, dessen Knauf im Takt seiner flotten Schritte aufloderte. „Wir – sind ausgebucht." stotterte Rudolf. „Ich will kein Zimmer." basserte der Mysteriöse. „Fein." rutschte es dem Portier heraus. „Nichts ist fein." schrie der Ankömmling cholerisch. Er schrie; und das in einem der, nun ja, zwölftfeinsten Hotels der Stadt, allerhöchstens, unter uns gesagt. „Der dämliche Ork, mit seinem abscheulichen Weib! Ist er hier?" Rudolf hüstelte, halb verlegen, halb verschüchtert. „Bedauere, über Gäste geben wir Fremden keine Auskunft. Erst recht nicht, wenn sie nicht da sind, die Gäste." „Nicht da?" Der Knauf des Stabes vibrierte und glühte auf. „Bei allen Höllen." Dann, ruhiger, mühsam beherrscht: „Du wirst ihm diese Nachricht geben, Diener. Du wirst sie nicht öffnen und auf der Stelle überreichen, sofort, wenn Du ihn siehst, den stinkenden Ork." Eine mit einem Silberkettchen fixierte gerollte Schriftrolle aus – Pergament? – tauchte mit einem „Puff" vor Rudolf auf seinem Tresen auf. Sie war ein bisschen geschwärzt, an den Rändern. Es war an ihm, einen Aufschrei abzusetzen und zurückzuzucken. „Verstanden?" setzte der Unheimliche verbal nach, grauschwarze Zähne entblößend. „Selbstredend, mein Herr." bibberte der Portier. „Nachricht umgehend bei Sichtung übergeben. Kein Problem!" „Guter Diener." Der Berobte kramte in seinen Taschen und schnipste Rudolf endlich eine Münze zu; Kupfer. Eine einzelne Kupfermünze. Sie rollte noch dazu auf den Boden und als der Hotelportier sich gebückt hatte, um sie aufzuheben, war der außergewöhnliche Auftritt vorüber und der Mysteriöse verschwunden. Die Schriftrolle lag leider noch an ihrem Platz. Rudolf beschloss, sie nicht anzurühren, bis der besagte Ork wieder das Foyer betrat. Und selbst dann würde er ihn eventuell nur auf die vor ihm liegende hinweisen. Das alles war doch so gar nicht geheuer…

XIII.

Es kam im Leben der Moment, in dem man sich an einen „Für alle" gewöhnte. Dieser Moment war für Orc der, in dem man nicht zur Oper, zum Ballett, zum Dödelidu fuhr. Dieser Moment war gekommen. Der Wachweibel streckte sich, die kräftigen Arme ausgebreitet, und vergaß auch nicht die noch weitaus kräftigeren Beine, damit zwei gepuderte Zwerge in sommerlich lockeren Leibchen wegschiebend, die dies Tun kommentarlos über sich ergehen ließen, wiewohl sie finster dreinschauten, was mit Schminke im Gesicht so halt als finster durchgehen mochte. Schwankte und ruckelte das Gefährt auch, Orc genoss es in allen Zügen. Je weiter sie vorankamen, desto weiter entfernten sie sich

vom touristischen Zentrum, mit all seinen Scheuß-
lichkeiten kultureller Natur. Und Brakk kam frei-
willig mit, ohne Lamentieren, Drohen, ihn zum
Umkehren Zwingen. Auch Gronks pubertierende
Schnute fehlte in Gänze. *Das* war Urlaub.

Die Hütten, an denen sie vorüberrumpelten, er-
innerten ihn an zuhause. An die Slums, in denen er
sich seine ersten Wach-Lorbeeren verdient hatte, als
forscher Jungspund. Hier hockten zwar grauhäu-
tige Elben vor den windschiefen Bretterhäuslein,
von deren morschen Dächern allerlei tropfte, Kar-
toffelsäcke als Kleidung nutzend, schick mit Hanf-
seil gegürtet um den abgemagerten Leib geschlun-
gen – und keine schielenden Orkbastarde. Es kam
aufs Gleiche raus. Armselige Knülche, die nichts zu
verlieren hatten und die jede Gelegenheit nutzten,
die sich ihnen ohne viel Aufwand bot, einen Naivling um sein Erspartes oder gar Leben zu bringen.
Die Wache konnte an diesen Erbärmlichen ihre
Straßenkampfkünste trainieren, sofern genannter
Naivling ein höherstehender Bürger oder bedeutsa-
mer Fremder war. Dann gab es kein Zögern. Knüp-
pel aus dem Sack. Gehörte der Naivling keinem der
benannten Personenkreise an, hatte er halt Pech gehabt. Zur falschen Zeit am falschen Ort. Orc hegte
Zweifel, dass das im Hammer genauso vonstatten-
ging, mit der Knüppelei. Erstens hielten die Elben

nichts aus, nicht so wie Orks, selbst die Ausgezehrtesten. Zweitens wurde in Hammer lieber belehrt und ausdiskutiert, das hatte ihn sein bisheriger Aufenthalt gelehrt. Und im Anschluss gab es Freikarten für irgendeinen Mist. Bitter.

„Guck, da", holte Brakk ihn aus seinen Gedanken, „das Denkmal." Ja, je weiter man sich vom Zentrum entfernte, desto interessanter wurde es. Dies Steindenkmal, an dem der „Für alle" soeben vorbeischwankte, stellte einen Zwergen in Ritterrüstung dar, der in der Rechten eine Axt gen Himmel hob und in der linken einen abgeschlagenen Orkkopf hielt. „Gut getroffen." stellte der Wachweibel fachmännisch fest. „Schau, sogar die gefletschten Zähne des Orks sind detailliert herausgearbeitet." In Drolf befand sich auch so ein Denkmal, bei dem nur die Rollen vertauscht waren. „Ich gebe zu, dass diese Ecke der Stadt Authentizität ausstrahlt und nicht so gekünstelt wirkt, wie die Touristengegenden." befand Brakk zustimmend. Heute musste Orcs Glückstag sein. Hinzu kam, dass es in dieser Gegend viel besser roch; nach Schweiß zum Beispiel und nach billigem Schnaps. Nicht eklig parfümiert. Die gepuderten Zwerge waren im übrigen schon lange vorher ausgestiegen.

Aussteigen mussten sie auch kurz darauf; denn der „Für alle" verließ die Stadt nicht und die Stadtmauer kam in Sichtweite. Eine beeindruckende Befestigungsanlage, wie sie in guter alter Zeit gebaut wurde, als noch Heere mit boshafter Absicht die Länder durchquerten. Oder mit guter, aber solche ließ man ebenso wenig in die Städte. Gab man Kriegern nur genug Alkohol – und das verkaufte man liebend gerne an Krieger, die als große Säufer galten –, vermochte man für nichts mehr zu garantieren. Sei es, wie es sei, die Stadtmauer war aus gewaltigen Granitblöcken aufgeschichtet, höher als fünf aufgewachsene Oger eine Räuberleiter zu bauen vermochten, und dicker als die Bäuche von zehn dieser Kolosse. Sie war auf der Mauerkrone so breit, dass dort Triböcke, nette große Katapulte, Platz fanden. Beziehungsweise verbündete Oger, die mit Felsbrocken und Unrat werfen konnten. In der guten alten Zeit durchaus übliches Vorgehen.

Kontrollen gab es keine am gigantischen Tor, dessen Breite heutzutage für Überland-„Für alle“ ausgelegt war, welche von sechs Ochsen gezogen wurden und Horden von Pauschaltouristen nach Hammer hinein karrten, dass die Stadtsäckel prall gefüllt blieben. Touristen aßen und tranken, übernachteten, kauften Kram, bezahlten Eintritte, manche auch Bußgelder. Orc und seine Sippe waren stolz darauf, als Individualtouristen unterwegs zu sein. Sie hatten schließlich jahrelang für den Trip gespart; Brakk – Orc hatte bis kurz vor der fröhlichen Abreise nichts davon gewusst. Die Orkin liebte Überraschungen. Was sich gleich wieder zeigte.

„Ich habe Dir übrigens ein Souvenir gekauft." tat sie geheimnisvoll. Orc zitterte. Ein Autogramm von einer Operndiva? Oder eines dieser billigen Statuettchen, die berühmte Dichter aus Hammer darstellten? „Du wolltest sicherlich eine dieser niedlichen kleinen Statuen." sagte seine Frau. Hundsverreck. „Weil Du jedoch alles mit mir so klaglos unternimmst, habe ich dann doch etwas anderes erworben. Sieh her." Sie griff in ihre Handtasche – Rindsleder, Menschenleder war nicht mehr en vogue – und holte ein Fässchen hervor, wahrscheinlich zwei Liter oder mehr. „Hammer-Rum. Der echte, nicht das Zeug, das sie in den Touristenbars ausschenken." Der Wachweibel schlug ihr vor Begeisterung donnernd auf den Rücken, der größte Liebesbeweis überhaupt. „Du weißt, wie man Männer glücklich macht." Einen sofortigen Probierschluck verbat sie sich freilich. „Die Trutzburg." schmunzelte sie. „Vielleicht heute Abend, wenn uns da noch Zeit bleibt. Wir hätten da noch etwas zu vollenden." Urlaub – ja, *das* war Urlaub! Beide traten sie frohgestimmt durch das Tor ins Umland hinaus, beobachtet, doch nicht kontrolliert.

XIV.

Es war, querfeldein und im flotten orkischen Marschschritt, immer noch eine halbe Stunde Wegstrecke, während der die Trutzburg Stück für Stück mehr von sich offenbarte. Unter anderem diverse Schilder mit der Aufschrift in mehreren der regionaltypischen Sprachen, die Folgendes besagten: „Betreten der Burganlage wegen Baufälligkeit verboten!" „Pah", sprach Orc, „davon lässt sich ein waschechter Ork nicht aufhalten. Außerdem sieht sie doch passabel aus." Seine belesene Frau referierte derweil über die Geschichte des Bauwerks.

„Anno Zwei vor dem Großen Krieg herrschten Dunkelzwerge über die ganze Region. Sie waren es, die mithilfe schwärzester Magie und einer Armee von Sklaven dieses wunderbare Symbol von Macht und Unterdrückung gebaut haben. Die Burg war eine Zwingburg, eigentlich keine Trutzburg, denn sie war dazu gedacht, den örtlichen Zwergen den Willen der Dunkelzwerge aufzuzwingen. Sie hatten ihre Rechnung nicht mit unseren Vorfahren gemacht. Die hatten nämlich in der Zwischenzeit das Heimatreich der Dunkelzwerge verheert und geplündert. Die Dunkelzwerge der Zwingburg zerstritten sich in Folge darüber, ob sie ausharren, ein eigenes Reich gründen, oder in das Heimatreich zurückkehren sollten, um zu retten, was zu retten war, oder zumindest Rache an unseren Vorfahren zu nehmen, indem man so viele umbrachte wie möglich, bevor man selbst vor die Hunde ging. Der Streit eskalierte, wie es wohl dem Charakter dieser Kerle entsprach und sie brachten sich gegenseitig um. Die Handvoll, die noch stand, wurde von den meuternden Sklaven in Stücke gehackt. Die Sklaven wussten die Gunst der Stunde zu nutzen. Diese Sklaven gründeten später Hammer. Ende der Geschichte.“

„Deutlich interessanter als moderne Zwergenkunst, wie?“ feixte Orc. „Nicht wie zum Beispiel „Kohlen im Schacht, unbeleuchtet“, oder dieses Bild „Weiße Streitaxt auf weißem Grund“, gelle?“ Brakk ließ es ihm für heute durchgehen. Wahrscheinlich, weil sie abgelenkt war. „Da hinten sind diese zwei dümmlichen Elben-Büttel aus der Oper.“ Sie zeigte es ihm, mit dem Finger deutend. „Lustig, sie haben ihre Visagen braun und grün bemalt und Umhänge mit erdfarbenen Flecken über die Schultern geworfen.“ Der Wachweibel winkte ihnen, was dazu führte, dass sich die beiden blitzartig auf den Erdboden warfen und die behelmten Köpfe in den ein klitzekleines Bisschen schlammigen Untergrund pressten. „Amüsantes Volk.“ kommentierte

Brakk. „Aber lass uns weiter gehen, das Abenteuer Burgbesichtigung ruft."

Die Trutzburg, Schrägstrich Zwingburg. Erhabene Schönheit; perverse Zwerge hätten unter Garantie eine Ode auf diesen Anblick verfasst. Irgendeiner davon hatte mit an Sicherheit grenzender Wahrscheinlichkeit bereits so ein Verbrechen begangen. Orc, und selbst Brakk, freuten sich schlicht.

Eigentlich war die Burg gar nicht so riesig; ein, wiewohl vielstöckiger, Bergfried mit einer Ringmauer drumherum. Hinter dieser Mauer mochten, momentan nicht sichtbar, noch kleinere Gebäude wie Scheunen und vielleicht eine Schmiede liegen. Die Schönheit zeigte sich im Detail. Da wäre zum einen der Umstand, dass die Bausteine geschwärzt waren, ja sogar das Licht zu verschlucken schienen. Zum anderen gab es Verzierungen in Form von Spießen, auf denen hier und da noch ein Totenschädel stak, und verrostete Käfige, die an Gerüsten baumelten, wovon auf jeden Fall jeder Ork wusste, dass man darin Gefangene den Raben zum Fraß vorgesetzt hatte. Ein Hobby, das nur noch allerhöchstens in den abgelegensten, unzivilisiertesten Winkeln der Welt gepflegt wurde. Nicht in solchen, in denen „Touristen" unterwegs waren, so viel ließ sich sagen. Maximal mit Statisten und dann ohne Raben, welche an Augäpfeln nagten; die Nebenkosten dafür konnte kein wirtschaftlich denkender

Veranstalter tragen. Wirtschaftlichkeit war der zweite Vorname von Veranstaltern in den bekannten Regionen. Noch vor Service.

Das traute Ehepaar stand endlich direkt vor der Burg. Dorniges Gestrüpp wucherte allerorten und erstickte die in der Gegend übliche Vegetation. Eine fette Spinne krabbelte durchs Blickfeld, sonst regte sich nichts. Kühl war es im Schatten, das wohl. Der Mauer hatte das Alter, fünfhundert Jahre und mehr sollte sie auf dem Buckel haben, nichts anhaben können. Diese Dunkelzwerge wusste zu bauen, das verkniffen sich die Orks nicht einzugestehen. Baufälligkeit? Nicht festzustellen. Das Burgtor erwies sich sogar als unüberwindliches Hindernis, denn man fand es verschlossen vor, von innen verriegelt. Von innen. Es sollte folglich einen oder mehrere Zugänge geben, äußerte sich Orc, dessen brillanter Büttelverstand sich regte. Um die Ecke herum fand sich in der Tat eine weitere Zugangsmöglichkeit, ein manngroßes Loch in der ansonsten unversehrten Mauer, mit unklarer Herkunft, was den beiden gleich war. Es ermöglichte den Zutritt. „Da, bitte." sagte Orc. „Auch andere ignorieren das Verbotsschild." Auf dem Innenhof stand ein Zwerg, ein sehr dünner in armseliger Gewandung. Dieser glotzte sie mit aufgerissenen Augen an, stieß ein unverständliches Wort hervor und rannte auf einmal

wie vom Hafer gestochen davon, Richtung Bergfried. Der Ork wollte ihm schon hinterherrufen,
dass er keine Angst zu haben brauche, sie seien
nicht von der Aufsicht, sondern selbst Besucher, da
war er bereits verschwunden.

XV.

Der Tag war für das Faktotum bisher nicht positiv verlaufen. Sein Meister hatte ihn mit seinem Feu-
erstab aufs Übelste verprügelt, um seinen Frust ab-
zureagieren, bevor er sich in die Stadt aufgemacht
hatte, den Ork aufzusuchen und über die neuesten
Entwicklungen in Kenntnis zu setzen. Für diese
Entwicklungen, die ja nun er in Gang gesetzt hatte,
er, der Diener, hätte er Lob erhalten müssen. So waren sie, die Reichen und Mächtigen. Aber war es
nicht besser, im Windschatten eines solchen zu leben, als in der Gosse? Prügel und Beschimpfungen
musste man in Kauf nehmen. Zudem war ein Verlassen des Meisters keine Option – der war auch bei
sowas sehr, sehr nachtragend. Dann war es weiter-
gegangen. Die Orkgöre hatte nur Spott für ihn üb-
riggehabt, anstatt sich schicklich vor ihm zu fürch-
ten und um Gnade zu winseln. Na, der Jungork
hatte das übernommen, immerhin. Woraufhin die
Göre diesen auch noch unflätig beschimpft hatte.

Nicht ganz so extrem. Der Zwerg hatte es nicht mehr ausgehalten und war auf den Hof getreten, um etwas die Sonne zu genießen – in deren Genuss er nämlich seltener kam. Der Meister bevorzugte es nachts zu arbeiten; weniger Zeugen unterwegs und selbst die Büttel liefen des nächstens auf Sparflamme. Vor denen musste man sich sowieso nicht in Acht nehmen, unfähiges, faules und bestechliches Pack, alle miteinander. Da stand plötzlich er vor ihm, keine zwanzig Schritte entfernt: Der Ork aus Drolf und mit ihm sein abscheuliches Weib!

Er hatte nicht lang nachgedacht und war auf der Stelle losgerannt, zuerst den speziellen Sklaven und im Anschluss mit diesem zusammen die beiden Gefangenen zu holen. Vor den Drohungen der Orkgöre hatte er keine Angst. Er selbst sah zwar aus wie ein Klappergestell, war jedoch durch Schwarze Magie gestärkt; ein Geschenk seines Meisters. Noch ein Grund, warum er ihn nicht verlassen hätte. Er liebte es, die Macht des Magiers in seinem Leib pulsieren zu fühlen. Gemeinsam mit dem Sklaven wurde er mit allem fertig. Mit Sicherheit mit den alten Orks. O ja, er würde diese dem Meister auf dem silbernen Tablett servieren und endlich die Anerkennung gewinnen, die er verdiente!

Davon wussten die zwei Orks nichts, die sich momentan den Innenhof zu Gemüte führten, welcher wie erwartet weitere Gebäude fürs Auge bereithielt – tatsächlich eine Scheune und eine alte Schmiede – der Amboss lag umgestürzt davor –, außerdem einen überdachten Brunnen. Leider waren die Innengebäude aus Fachwerk errichtet worden, nicht aus dem herrlich anzuschauenden Stein, und nicht mehr im besten Zustand. Die Dächer waren eingestürzt und die Wände brüchig und stellenweise eingefallen. „Trotzdem schade, dass Gronk das nicht sieht." meinte Brakk. „Sie mag so historisches Zeug." „Es gibt noch andere Burgen." entgegnete Orc. Er lauschte kurz. Nein, nichts. Es war still, totenstill geradezu.

XVI.

Orc beäugte archaisches Gerät in der Scheune, vergammelte Mistgabeln und Dreschflegel, als von außen Geschimpfe und Geschrei zu ihm drang, dessen eine Quelle er sofort zu seiner Tochter zugehörig erkannte. Brakk hatte es ebenfalls gehört. „Na so was?" dachten sie gleichzeitig und gingen hinaus. Folgendes Bild bot sich ihnen: Gronk zerrte ungestüm an einem dicken Strick, mit dem ihre Hände auf ihren Rücken gefesselt waren und deren Ende der dünne Zwerg von vorhin in der Rechten hielt. Daneben kauerte ein den beiden unbekannter

Jungork mehr, als dass er stand. Er war ungefesselt, schien allerdings nicht willens zu sein, irgendeine Aktion zu ergreifen. Der Grund mochte sein, dass hinter ihm eine absonderliche Kreatur aufragte, die von der massigen Statur her einem Ork ähnelte, aber einen Schlangenkopf aufwies, dessen Maul sporadisch züngelte. Des Weiteren war die Kreatur mit einem ziemlich scharf und spitz aussehenden Schwert bewaffnet, das grob gen Jungork zeigte. Ein Schlangenkopf – Orc hatte in seiner Jugend Bilder davon in der Galerie von Drolf gesehen; wo es *echte* Kunst zu sehen gab. Die Bezeichnung war nicht kreativ. Kreativität sparten sich Orks eben für anderes auf. Jedenfalls war das eine sehr zähe und gefährliche Bestie, die zu Zeiten der Dunkelzwerge mithilfe diabolischster Magie gezüchtet worden war, um auf den Schlachtfeldern der Welt zu Diensten zu sein. Auf diesen Schlachtfeldern waren die Biester dann auch umgekommen. Anscheinend nicht alle.

„Hallo, Gronk." sagte der Wachweibel. „Was ist das jetzt wieder für ein Spiel?" „Spiel?" Das Faktotum konnte es nicht fassen, wie ruhig das Elternpaar dastand. „Tod und Terror, ich habe Deine Tochter, sie ist meine Geisel! Geht das in Deinen tumben Schädel?" Allmählich dämmerte es Orc. „Es ist kein Spiel?" „Nein!" „Hätte mich auch gewundert. Gronk ist dabei immer die, die andere fesselt." Der dürre Zwerg grinste irre, im nächsten Moment entglitten ihm die Gesichtszüge; ein Wechselbad der Gefühle. „Dann lässt Du Gronk jetzt los und wir vergessen die Sache. Wir sind nämlich im Urlaub." „Wir vergessen gar nichts!" schrie die Tochter. „Der Arsch hat mich an ein Bett gefesselt und mir meine Nacht versaut! Ich hab immer noch Kreuzschmerzen." „Das Date hat er auch verdorben." getraute sich Rokk etwas hinzuzufügen. „Es war kein Date." zischte Gronk. „Wie habt Ihr überhaupt das Geheimversteck gefunden?" mischte sich der Dürre in den Disput ein. „Was für ein Geheimversteck?" war es an Brakk zu fragen. Wen interessierte das? Ihre Tochter war unglücklich! „Tu was!" herrschte sie ihren Gatten an.

Orc ließ sich das nicht zweimal sagen. Seine Reaktion war allerdings unerwartet. Er machte auf den Hacken kehrt und rannte weg, schnurstracks zur Scheune. Der Dürre lachte hämisch. Sein Lachen dauerte nicht lange an. Der Wachweibel kehrte umgehend zurück, eine der Mistgabel schwingend. „Bin ja nicht blöd." sprach er weise. „Doch, sehr blöd." knurrte sein Widersacher. „Mach den Ork kalt, Szasz."

Der Schlangenkopf stürmte aus dem Stand los, ohne jegliche Mimik und – befremdlich – ohne jegliches Geräusch. Orc packte die provisorische Waffe fester und nahm Kampfstellung ein. Trotz dieser Vorbereitung überraschte ihn die erste Attacke des Monströsen. Der Schlangenkopf war verdammt schnell. Er war innerhalb eines Lidschlags über ihm und hieb ihm die Mistgabel zur Seite. Bevor Orc das realisierte, hatte er bereits zwei Schwerthiebe abbekommen. Nur leichte, Kratzer. Das Spiel hatte *jetzt* begonnen.

Brakk war nicht untätig. Nachdem der dürre Zwerg vom Angriff seines Spielzeugs abgelenkt war, war es ihr ein Leichtes, sich ihm ihrerseits zu nähern. Er staunte nicht schlecht, als plötzlich ein Schatten auf ihn fiel, der ihn anknurrte: „Lass das Seil los!" Sie unterstützte ihre Aussage durch einen kräftigen Tritt gegen sein Schienbein, weshalb er tatsächlich Folge leistete. Aus Überraschung, nicht, weil er es wollte. Gronk taumelte nach hinten und wäre fast über Rokk gestürzt, der sich möglichst klein machte. Dummerweise hatte sich der Zwerg rasch wieder gefangen. Er schnippte mit den Fingern und ein kleiner Feuerball flammte über seiner Hand auf. Der zischte gleich darauf knapp am Kopf der Orkin vorbei, die in letzter Sekunde weggezuckt war. „Scheiße!" entfuhr es ihr rau. Der Dürre setzte nach; es war seine Hand selbst, die nun zu brennen anfing, was Absicht war, denn weder schrie er auf, noch suchte er das Feuer zu löschen.

Mit der Brennenden stach er gen Brakk, die wiederum knapp auszuweichen vermochte. „Brenne, Hure, brenne!" kreischte er wie wahnsinnig – und erwischte sie am linken Oberarm, der sofort zischte und Blasen warf. Sie heulte auf. „Mama!" brüllte Gronk entsetzt. Die Tochter war weiterhin gefesselt, weshalb sie den Schädel senkte und mit diesem voraus gegen den Angreifer anrannte. Der sah das nicht kommen und ging mit ihr auf ihm drauf in den Staub, stieß sie aber weg und rollte sich behände ab. Gronk blieb zappelnd liegen. „Verflucht, Rokk, greif an!" schreiend. Rokks Gesichtsausdruck zeigte nackte Panik.

Orc fand etwas besser in den Kampf. Lieber hätte er einen Säbel gehabt, doch erinnerte er sich intuitiv an seine Jugendjahre, in denen Jung-Büttel mit Kriegssensen ausgestattet zu sein pflegen, was im Endeffekt bloß ein Abklatsch eines bäuerlichen Feldgeräts war. Endlose Stunden hatte er damit trainiert und die Stangenwaffe bei mancher unangemeldeten Demo – gegen Frieden, gegen das Verbot des Stadtrats eines Auftritts von VanGoth im örtlichen Colosseum, oder gegen die Erhöhung des Bierpreises – zum Einsatz gebracht. Wichtig war gewesen, sich gegen Gegner wehren zu können, die Dolche oder kurze Schwerter führten, Waffen, die in Drolf nicht verboten, nur aus der Mode gekommen waren. Dolche spätestens, seit man in den

Wirtshäusern Besteck für die Gäste eingeführt hatte, auf Initiative der „Wirtinnen Für gepflegte Gastkultur" hin. Seine Frau hatte dort mitgewirkt gehabt, wiewohl sie keine Wirtin war. Wie auch immer, Orc gelang es inzwischen, den Feind passabel zu parieren, jedoch beileibe nicht selbst zu treffen. Zu aller Unbill geriet er langsam außer Atem, derweil der Schlangenkopf ihn unbeirrt umtanzte. Es musste so kommen; der Angreifer täuschte eine Finte an und versetzte ihm im gleichen Atemzug einen üblen Streich quer über die Brust, das Ledergewand aufschlitzend und noch die ledrige Orkhaut darunter. Blut spritzte und der Wachweibel stöhnte auf.

„Das Buttermesser aus dem Hotel!" rief Gronk Rokk zu. „In meinem linken Stiefel. Frag nicht, hol es raus und schneide mich los!" Der Ork schniefte, wischte sich die Tränen aus den Augen und robbte zu ihr hin. Brakk sprintete in der Zwischenzeit zu ihrer Handtasche, die sie ein Stück weiter hatte fallengelassen. Ein faustgroßer Feuerball fauchte an ihr vorbei, ins Nichts entschwindend.

Orc traf einfach nicht, nicht mit dem Stiel, erst recht nicht mit den rostigen Spitzen, was er bevorzugt hätte. Schon sprudelte Blut, sein Blut, aus zwei weiteren Schnitten, an seiner rechten Schulter und an seinem linken Oberschenkel. Der Blutverlust schwächte ihn; den Schmerz hatte er noch im Griff, von Adrenalin durchströmt. Und der Schlangenkopf setzte gnadenlos nach.

Endlich hatte Gronk die Hände wieder frei; Rokk war doch zu etwas nutze. „Jetzt hilf Papa!" zischte sie. „Ich komm mit Mama klar!" Der Ork wimmerte. Da sah er ihren leuchtenden Blick, ihre gefletschten Zähne, ihre heroische Haltung. Verdammt sexy. Er wollte sie, mehr als je zuvor. Er musste sich beweisen, das war klar. Ihm war ja selbst peinlich, was er für ein Feigling war. Rokk ächzte, ließ seine Fingerknöchel knacken und machte sich auf den Weg zu den heftig kämpfenden Kontrahenten. Nicht all zu schnell, zugegeben.

Brakk hatte ihre Handtasche erreicht; eine unter normalen Umständen nette Waffe, um Grapscher abzuwehren. Wobei solche Grabscher im Normalfall keine brennenden Hände zur Verfügung hatten. Brennende Hände. Der Orkin kam eine teuflische Idee.

Orc sah im Augenwinkel, dass sich dieser ihm unbekannte Jungork näherte, der bisher keine gute Figur gemacht hatte. Diese Ablenkung sorgte für eine weitere Wunde, die ihm vom Schlangenkopf zugefügt wurde, ein Schmiss über seine Wange. Das würde eine schöne Narbe geben. Er schwang seine Mistgabel, den Versuch startend, der Kreatur die Beine wegzuwischen. Natürlich vergebens. Das

Wesen sprang in die Höhe und zischelte hasserfüllt. Der Jungork kam näher, zögerlich, nachdenklich – unbewaffnet. „Lass, bleib weg!" keuchte Orc, Blut spuckend. Rokk ließ sich nicht beirren. Bei allen Göttern, er musste Gronk zeigen, dass er kein Waschlappen war. Der Schlangenkopf bemerkte, dass etwas im Busch war. Er wandte sich dem Neuankömmling zu, nachdem sich sein Hauptgegner kaum mehr auf den Beinen hielt, und wirkte richtiggehend erfreut, ob der neuen Gelegenheit, aufzuschlitzen und aufzuspießen. Den gleichzeitigen schwächlichen Angriff des alten Orks wischte er quasi nebenher zur Seite. Die Kreatur öffnete zum ersten Mal das breite Schlangenmaul; kleine, jedoch nadelspitze Zähne kamen zum Vorschein. Die überlange, gespaltene Zunge zuckte fröhlich darüber hinweg. Maul. Zähne.

„Hier bin ich, Idiot!" schrie Gronk. Der Dürre fuhr herum und hob drohend die Flammenhände. „Gleich nicht mehr." grinste er. Wie lachhaft, die Göre hielt ein Buttermesser. Ein Buttermesser! „Genieß es, Mama." Was? Der Zwerg fuhr wiederum herum, diesmal in die andere Richtung. Ein Strom von Flüssigkeit tränkte ihn, zielgerichtet aus dem Maul gesprüht von dieser Brakk. „Ich…" Der Kalfaktor kreischte hell auf – seine Arme, sein Kopf, sein Oberkörper gingen in lodernde Flammen auf. Das Feuer fraß sich in sein Fleisch, denn nur seinen

Händen vermochte der Zauber nichts anzuhaben. „Der schöne Rum." sagte Brakk, halb bedauernd. Gronk durchtrennte dem Brennenden mit dem Buttermesser die Halsschlagader und beendete seine Qual.

Was machte der Jungork da? Der Schlangenkopf, der mit einer Seitenbewegung den, der Orc genannt wurde, soeben weggetreten hatte, gaffte. Rokk hatte seinen rechten Arm vorgestreckt und ging zitternd auf ihn zu. „Komm schon, Monster." sprach der angehende Dramaturg dramatisch. „Es ist nicht echt, nur Theater." redete er sich kontinuierlich ein, um seine Angst zu verdrängen. Es wirkte. Die Instinkte ließen die Kreatur handeln, die zwar sehr schnell und gewandt, doch im Grunde ein Tier war. Ihr Maul schoss vor und biss kräftig in den vorgehaltenen Unterarm, ein großes, blutiges Stück herausreißend und hinunterschluckend. Orc stemmte sich wankend in die Höhe. Der Jungork wurde leichenblass, lächelte aber wider Erwarten und flüsterte, mit brechender Stimme: „Orkblut. Für andere Wesen giftig." Dann wurde der Gebissene ohnmächtig und fiel einem nassen Sack gleich in sich zusammen. Ein Beben ging durch den Körper der Kreatur; sie rollte mit den geschlitzten Augen und hustete heiser. Orc packte die Heugabel und rammte sie ihr in den verkrampften Bauch. Das war die Szene, die

Abneth und Ibneth erhaschten, als sie in diesem Augenblick in den Burghof stürmten, „Auf frischer Tat ertappt!" auf den Lippen.

XVII.

Die Stille war zurückgekehrt, Nein, nicht ganz – leises Stöhnen war zu vernehmen. Von Orc, der aus seinen Wunden blutete, und von Brakk, die sich den versengten Arm hielt. „Das sieht nicht gut aus." wisperte Abneth seinem Bruder ins Ohr. Ein dürrer Zwerg lag augenscheinlich tot auf dem Erdboden, schwer kokelnd, ein weiterer Toter, ein fremdartiges Wesen, lag mehr in ihrer Nähe. Es musste tot sein, stak ihm doch eine Mistgabel im aufgeblähten Bauch. „Haben wir den Kokelnden nicht schon irgendwo gesehen?" wisperte Ibneth zurück. Wenn sie nur nicht so vergesslich gewesen wären. Abneth schluckte trocken. Eben hob dieser Orc, nicht Ork, ein herumliegendes Schwert auf, dabei weiter blutend. Seine Frau und seine Tochter kamen näher. Und da lag ja auch noch ein weiterer Ork, dessen rechter Arm gar nicht gesund aussah.

„Gut, dass sie da sind." sagte die alte Orkin zu den Elben. „Sie können sogleich ein Protokoll auf-

nehmen. Dieser Kerl dort", sie wies auf den Kokelnden, „hat unsere Tochter entführt und uns mit seinem Viech grundlos attackiert. So was ist auch in
Hammer verboten, nehme ich an? Und nun ent-
schuldigen Sie uns, ich muss meinem Mann das
Blut stillen und mich um die anderen Unpässlich-
keiten kümmern." Gronk hatte damit bereits begonnen; sie hatte ein großes Taschentuch hervorgezerrt
und mit diesem Rokks Arm verbunden, diesmal
eine andere Art von Leuchten in den Augen.

Abneth und Ibneth kneteten nervös die Finger.
Mit so einer Entwicklung hatten sie nicht gerechnet.
Eigentlich mit gar nichts; einen Plan hatten sie vor
der Erstürmung des Burghofes nicht gefasst gehabt.
Zu allem Unglück zogen nun noch dunkle Gewit-
terwolken auf, plötzlich, aus heiterem Himmel. Bei
Gewitter wollte niemand von halbwegs Verstand so
exponiert in der Gegend herumstehen. Grundsätz-
lich nicht, mit einem Metallhelm auf dem Kopf erst
recht nicht. „Vielleicht sollten wir das Protokoll in
der alten Schmiede aufnehmen?" überlegte Abneth
laut. „Oder im Büro?" verbesserte ihn Ibneth. Das
klang ausgezeichnet. „Wir gehen dann mal vor." erklärte Ibneth amtlich. „Ihr kommt dann später zur
Wache nach, in Ordnung?" „Niemand geht hier!"

Alle nicht toten oder bewusstlosen Anwesenden
zuckten aufs heftigste zusammen, alle, ohne Aus-

nahme. Die Worte waren im herrischsten Befehlston gefallen, in einem, der ahnen ließ, dass der Sprecher durch und durch von sich und seinen Befehlen überzeugt war. Die Zurechtgewiesenen suchten die Quelle der Worte nicht lange, denn diese zog ihre Blicke buchstäblich an und war auffällig, auffälliger ging es nicht.

Hatten dem dürren Zwerg die Hände gebrannt, brannte der Neuankömmling lichterloh, am gesamten Leib. Er schien es zu ignorieren. Es war ein älterer Zwerg mit vollem Bart, in einer roten Robe und mit einem Holzstecken in der Rechten, dem das lodernde Feuer ebenso wenig etwas anhaben wollte, wie dem Träger selbst. Magie?! Keine Heilmagie, unzweifelhaft. Der Feurige hob zur Rede an. „Ihr habt meinen Diener und meinen Sklaven getötet, schön. Kein großer Verlust. Erst recht nicht, weil meine Rache naht! Endlich naht! Verfluchter Ork." „Das geht uns dann ja wohl nichts an." meldete sich Ibneth hüstelnd zu Wort. „Privatangelegenheit, keine offizielle der Stadt. Überhaupt befindet sich die alte Burg gar nicht auf Stadtgrund." „Weshalb wir, um genau zu sein, gar nicht zuständig sind." murmelte Abneth. „Ihr bleibt auch." brüllte der Zwerg. Beide erstarrten blitzartig im Gehen.

Orc, der inzwischen leidlich verbunden und mit Rum – innerlich wie äußerlich – desinfiziert war, trat einen Schritt vor. „Hör mal, wir kennen Dich nicht. Zuständigkeiten sind mir auch egal. Ich will nur ins Hotel zurück, ein Schmerzmittel einnehmen und mich eine Runde hinlegen. Ich habe nur noch zwei Tage Urlaub, weißt Du?" Ein Blitz schlug krachend vor ihm ein. „Maul halten!" keifte der Zwerg. „Ich weiß!" kam es Gronc. „Du bist einer der letzten Dunkelzwerge und Du hasst uns Orks bis ins Mark, weil unsere Vorfahren das Dunkelzwergreich verwüstet haben." Auch sie kannte sich mit Geschichte aus; Mama hatte ihre ganz eigenen Gutenachtgeschichten gehabt, als sie noch klein gewesen war. „Quatsch!" Die Stimme des Brennenden überschlug sich. „Orks sind mir scheißegal! Ich will nur einen, den Flammenork!" „Von uns ist das keiner, definitiv." warf Brakk ein. Die zweite Verwechslung, innerhalb weniger Tage. „Das weiß ich!" heulte der Zwerg auf. „Aber Du, dämliche Fratze", er zeigte auf Orc, „gehörst der Stadtwache von Drolf an. Wenn ich Dich ermorde, mit schwärzester Magie, wird Drolf nicht umhinkönnen, seinen fähigsten Magier zur Aufklärung zu schicken. Den Flammenork, diesen Bastard! Der mich – mich! – gedemütigt hat. Verhaftet und aus Drolf geschmissen wie den letzten Strolch, bloß weil ein paar unwichtige Häuser in Flammen aufgegangen waren. Nur eine kleine Spielerei, um meinen neuen Zauberstab zu testen. Er wird kommen und ich werde ihm auf heimatlichem Boden den Garaus machen. Nach allen Regeln der Kunst! Verstanden?"

Ja, verstanden. Der Typ war total irr. Wahnsinnig. Orc fasste einen raschen Entschluss und machte einen Ausfall, das der boshaften Kreatur abgerungene Schwert schwingend.

XVIII.

Der Ausfall ging ins Leere; wenigstens war Schluss mit dem dummen Geschwätz. Orc stolperte vom Schwung des Angriffs getrieben am lässig ausweichenden Zwerg vorüber. Der Ausweichende versetzte ihm einen feurigen Hieb in den breiten Rücken, der vor nicht allzu langem erst von Brandwunden geheilt worden war. Zusätzlich schlugen Blitze überall im Burghof ein, glücklicherweise keinen treffend. Orcs Schnittwunden brachen auf und er knirschte mit den Zähnen. „Hast Du noch Rum?" rief er seiner Frau zu. Die schüttelte verneinend das Haupt. Man kam auch selten zweimal mit demselben Trick durch. Abbeißen lassen wollte sich von der wandelnden Fackel auch keiner was. Möglicherweise der verrückte Jungork, dessen Ohnmacht das unmöglich machte. Brakk griff sich die Mistgabel, um das Ihre beitragen zu können. Ihrer Tochter befahl sie, sich zurückzuhalten, wohl wissend, dass das nur der Form halber geschah. Gronk war eine Orkin durch und durch.

Der brennende Zwerg wirbelte in Folge über den Hof, Flammenzungen und Feuerbälle um sich schmeißend. Orc, Brakk und Gronk rannten hin und her, um nicht getroffen zu werden. Dennoch blieb es nicht aus, dass sie verbrannt wurden, am Schwersten die Mutter, die es am Bauch erwischte. Ihr schwanden die Sinne und sie sackte um. „Nein!" krähte der Wachweibel verzweifelt. Scheune und Schmiede waren derweil in wahre Höllenfeuer gehüllt; schwerer, öliger Rauch waberte über den Ringmauern der Trutzburg. Der Zwerg fachte die Feuer begeistert kreischend weiter an, tollwütig umherspringend. Gronk sprintete zur danieder liegenden Mutter, sah, dass sie aktuell rein gar nichts zu tun vermochte, und griff sich ihrerseits die Mistgabel, blanken Hass im Antlitz. Ihr selbst rauchte bislang nur ein wenig das rechte Hosenbein von einem Streiftreffer. Der Zwerg war nicht so unkontrolliert, wie es den Anschein hatte. Er bemerkte dies, griente, machte eine Handbewegung und aus dem rauchenden Bein schossen bläuliche Flammen, so dass sie die aufgehobene Waffe reflexartig von sich warf und wie wild auf das Bein einzuschlagen begann, um die Glut zu ersticken. Und der Magier lachte und lachte und lachte. *Er* war eine Nummer zu groß für die Orks. Für jeden, den er nach seinen eigenen Vorstellungen, auf seinem Terrain bekämpfen konnte.

Orc taumelte herbei, holte aus und steckte all seine Kraft in den Wurf. Das Schwert raste auf den lachenden Berobten zu und – glühte im Flug auf und löste sich mit einem Zisch auf, eine Armlänge vor seinem Ziel! „Hundsverreck!" Der Ork hechtete seitwärts, zu spät. Ein Feuerball traf ihn mit voller Wucht im Flug und schleuderte ihn quer über den Platz. Gronk kreischte, ob dieses schrecklichen Anblicks und ob ihres Beins, in das sich das Feuer von ihrem Schlagen unbeeindruckt weiter hineinfraß. Sie lag indes in der Horizontalen wie mittlerweile praktisch alle Beteiligten. Und nah am Koma. Alle?

„Scheiße, Scheiße, Scheiße!" fluchte Abneth. Er und sein Zwilling duckten sich im Brunnen des Burghofes, in dessen innerem Rand ein rundherum verlaufender Sims solches ermöglichte, und spähten schweißgebadet in das Inferno. Hierhin hatten sie sich geflüchtet. Zu Kämpfen war ihnen nicht in den Sinn gekommen; man sah draußen, wozu so was führte. Zu Schmerz und Tod. Niemals, Nein, niemals zu Ruhm und Auszeichnungen. Ibneth dachte zwar ähnlich, dachte jedoch *weiter*. „Wenn die Orkbande erledigt ist, sind wir dran. Der Kerl ist komplett durchgedreht. Er braucht uns nicht als Zeugen. Hammer wird Leute zur Untersuchung vorbeischicken, so wie es hier brennt und raucht. Dann werden wir Leichen sein! Der Durchgeknallte will nicht, dass die Wache von Hammer nach ihm fahndet. Er will, dass sie den toten Ork finden und Drolf benachrichtigen. Logisch, oder?" „Scheiße, ja." „Also kämpfen wir doch?" grübelte Ibneth verängstigt. „Ne, wir schleichen uns raus und verduften." flüsterte Abneth. „Euch Gelichter grille ich am Spieß." dröhnte der brennende Zwerg.

Die Zwillinge duckten sich rechtzeitig, so dass sie der geschleuderte Feuerball verfehlte, der donnernd am Brunnenrand zerplatzte. „Raus" rief Ibneth. Sie schwangen sich panikartig aus dem Brunnen, der für sie eine Sackgasse war – nicht einmal rettendes Wasser führte er mehr – und flitzten hakenschlagend gen Burgfried. Aus Richtung Ausgang kam leider der Zwerg, der flammende Todesengel, besser Dämon, mit seinem weit schallenden Gelächter. Die Elben rannten und rannten, von Flammen umfaucht. Abneth warf einen mehr als besorgten Blick über die Schulter; und stolperte. Nicht nur das, er stürzte schwer und überschlug sich, seine gesamte Ausrüstung und ein angebissenes Sandwich, die er in seinen mannigfaltigen Taschen mit sich geschleppt hatte, verteilend. Ibneth entwich ein derber Fluch; jeden anderen hätte er liegengelassen. Das war sein Bruder, der einzige Vertraute in seinem armseligen Dasein. Selbst seine eigene Mutter hatte ihn verachtet, vom Vater ganz zu schweigen. Er half dem Gestürzten auf, der sich im Aufspringen eine komische grüne Kugel griff, die ihm mit dem anderen Zeug herausgefallen war. „Bruder…?" „Bete, Bruder, bete!"

Abneth drückte auf eine Erhebung auf der einen Seite dieser „Kugel", starrte dem Heranstürmenden konzentriert entgegen und – nichts. Urplötzlich schoss ein grellgrüner Strahl aus der Kugelvorderseite, vom Elben aus gesehen, zielgerichtet auf den Zwerg und hüllte diesen in hellgrünes Licht ein, dass der abrupt abbremste und ein erstauntes „He!" blökte. Es geschah – wieder nichts. „Es sollte nicht sein." sagte der Büttel, vollends resignierend und sich mit seinem – ihrem – Schicksal, dem Tod, abfindend. „War nett mit Dir, Bruderherz." Da explodierte der Magier mit einem gewaltigen Knall und die Elben wurden von Fleischfetzen, Blut und Gedärm überschüttet. Abneth entfiel die Kugel aus der erschlaffenden Hand. „Das Ding hätte in der Stadt echt Schaden anrichten können…" „Was, was war denn das?" stotterte Ibneth. „Habe ich aus der Asservatenkammer. So ein Einweg-Magie-Teil. Das hatte ich eigentlich diesem Ork unterschieben wollen. Für eine stilechte Verhaftung. Na, manchmal kommt es anders, als man denkt." „Und Du wusstest, was das Ding macht?" Abneth schüttelte den

Kopf. „Woher denn. Ich hab einfach irgendwas gegriffen, das möglichst weit hinten lag. Konnte ja schlecht jemanden fragen..." „Oh Mann." seufzte Ibneth. Das Glück war wirklich mit den Dummen...

XIX.

Zwei Tage darauf stand Orc mit seiner Familie neben der Kutsche, die sie ins heimatliche Drolf zurückbringen sollte. Alle drei Orks waren noch umfangreich bandagiert, Gronk stützte sich auf Krücken. Die Verletzungen waren diesmal deutlich schwerer ausgefallen; zwar auf dem Weg der Besserung, dank der Heilmagie des städtischen Krankenhauses, aber es würde noch andauern, bis sie wieder völlig auf dem Damm waren.

Stadtwachen waren kurz nach der Explosion des verrückten Magiers bei der Trutzburg eingetroffen, vom Brand alarmiert, und hatten die Schwerverwundeten in die Stadt zurückgebracht. Nach einer, ausnahmsweise ehrlichen Aussage der Büttelassistenten Abneth und Ibneth hatte die Stadtverwaltung keine Scherereien gemacht, vielmehr den Orks die notwendigen Behandlungen bezahlt, froh, dass die Orks auf eine Beschwerde verzichteten, die zu diplomatischen Verstimmungen geführt hätte. Die

Elbenzwillinge hatten für ihre tapfere Tat eine Silbermünze zur Belohnung erhalten, Toralf Donnerstein war, als ihr Vorgesetzter, zum Hauptmann befördert worden. Es war schließlich ein irrer Magier und Mörder zur Strecke gebracht worden.

Nun galt es sich zu verabschieden. Rokk war auch da, mit dick verbundenem rechten Arm, den er in einer Schlinge trug, und verlegendem Aussehen. Gronk schmunzelte. „Gut, Du bist also vom Theater, kein Kundschafter. Mama sagt, das sei schon in Ordnung. Wenn Du ausgelernt hast, kommen wir Dich mal besuchen und dann besorgst Du uns Freikarten, ja?" Orc fluchte ausgiebig. Es gab keine Gerechtigkeit auf dieser Welt. Aber wer weiß, was die Zukunft brachte. Drolf hatte auch seine schnieken Ork-Jünglinge. Gronk würde diesen hier vielleicht irgendwann vergessen. Die Hoffnung starb zuletzt.

ENDE

Bei Tredition sind vom Autor bereits erschienen und überall im Buchhandel – vor Ort wie online – erhältlich oder bestellbar:

- Hortraub auf Gnomisch
  Eine Parodie auf Tolkiens „Hobbit"

- Das Reich der Nekromanten /
  Krieg im Feenwald
  Zwei Dark Fantasy Erzählungen

- Schwarze Künste
  Eine Erzählung aus dem magischen Mittelalter

- Glück – Eine Geschichte
  Eine Dark Sci-Fi Erzählung

Mehr Informationen? Besuchen Sie den Autor auf www.claus-carl-jakob.de